CAP

Cuisine

Commercialisation et Services en Hôtel-Café-Restaurant

Lycée PRO et CFA

GESTION APPLIQUÉE

Sous la coordination de **Pascal Roche**

Inspecteur honoraire de l'Éducation nationale économie-gestion, académie de Lille

Françoise Bail
Professeure d'économie-gestion, lycée Léonard de Vinci, Trith-Saint-Léger, académie de Lille.

Yannick Cottineau
Professeur d'économie-gestion, lycée Jean-Charles Cazin, Boulogne-sur-Mer, académie de Lille.

Ali El Morabit
Professeur d'économie-gestion, lycée Voltaire, Wingles, académie de Lille.

Thierry Leguay
Professeur d'économie-gestion, lycée Camille Desmoulins, Le Cateau-Cambrésis, académie de Lille.

Marie-Agnès Serrano
Inspectrice de l'Éducation nationale économie-gestion, académie de Lille.

FOUCHER

À LA DÉCOUVERTE DE VOTRE OUVRAGE

Une démarche progressive en quatre temps autour de contextes professionnels variés

Découvrir

Un grand visuel pour découvrir la thématique et un lancement complémentaire en vidéo.

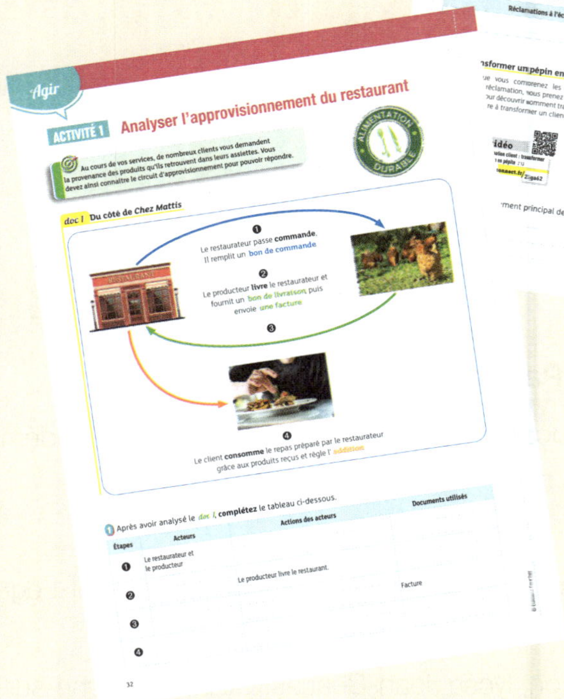

Agir

Sur 2 pages, des **mises en activités** courtes, simples, opérationnelles et attractives.

ISBN 978-2-216-16858-3

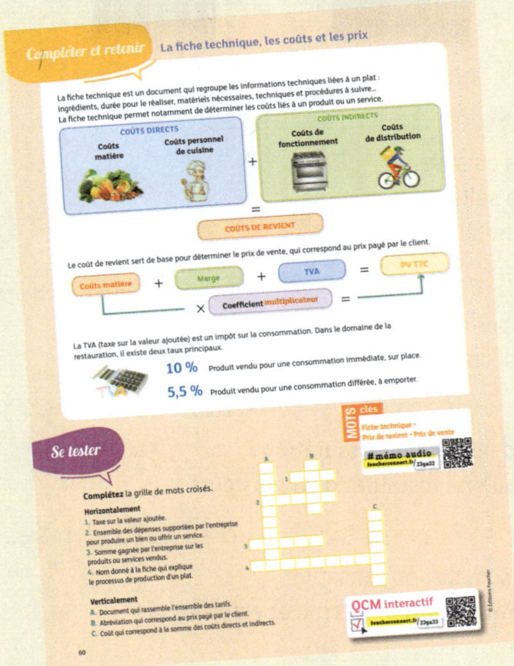

Compléter et retenir

Un **schéma de synthèse à compléter** qui permet à l'élève de fixer ses connaissances.

Se tester

Un moment **ludique** accompagné d'un **QCM interactif** de révision et d'un **mémo audio**.

Prep'Exam

18 pages d'évaluation

Des applications pour s'entraîner et approfondir les notions du cours.

En fin d'ouvrage, un **lexique** pour faciliter l'apprentissage des notions.

Et tout au long du cahier : une **place centrale accordée aux enjeux d'une alimentation durable** (gestion et optimisation des déchets, distribution en circuits courts…).

ALIMENTATION DURABLE

SOMMAIRE

Préparation à l'examen

Zoom sur les ressources numériques

Tout au long de l'ouvrage, des QR codes à flasher vous donnent accès à de nombreuses ressources en accès gratuit.

→ Des vidéos pour varier les approches et animer le cours

- Une vidéo pour lancer la thématique du chapitre

VIDÉO
Un restaurateur appelle à l'aide... pour de la moutarde ! 1'39
foucherconnect.fr/23ga18

- Des vidéos pour prolonger ou approfondir certains documents

vidéo
Un nouveau modèle de restauration : les « dark kitchens » 2'08
fouche rconnect.fr/23ga39

→ Un podcast

Le cours et les définitions des principaux mots-clés disponibles en version MP3, pour mieux mémoriser

MOTS clés
Capital social • Impôt • Régime fiscal
mémo audio
foucherconnect.fr/23ga16

→ Des QCM pour évaluer ses acquis

QCM interactif
foucherconnect.fr/23ga17

LES LIENS FOUCHERCONNECT

Le manuel papier s'enrichit de ressources numériques

foucherconnect.fr

GRATUIT !
Accessible SANS INSCRIPTION.
EN LIGNE sur www.foucherconnect.fr

Les métiers de l'hôtellerie et de la restauration

1

Objectifs
- **Découvrir** les différents métiers de l'hôtellerie et de la restauration
- **Se situer** dans son environnement professionnel

Découvrir

CONTEXTE PRO

Vous travaillez en tant que serveur à l'hôtel-restaurant *Les bords du lac* à Évian-les-Bains (74). Vous accueillez Enzo, un élève de 3e qui désire poursuivre ses études dans le domaine de l'hôtellerie-restauration. Il vous demande des informations sur les différents métiers de ce secteur.

Le secteur de l'hôtellerie et de la restauration regroupe une multitude de professionnels qui travaillent ensemble pour accueillir, servir et veiller à la satisfaction des clients. Les avantages de travailler dans ce secteur sont multiples : de nombreuses offres d'emploi, une flexibilité du temps de travail (jamais les mêmes horaires), des échelons rapides à gravir, le développement de nombreuses compétences (esprit d'équipe, polyvalence, créativité, esprit critique), des repas gratuits…

VIDÉO
Découvrir les métiers de l'hôtellerie-restauration
3'55
foucherconnect.fr/23ga24

1. Surlignez dans la légende sous la photographie trois avantages de travailler dans le secteur de l'hôtellerie-restauration.

2. Quels pourraient être selon vous les inconvénients du travail dans ce secteur ?

ACTIVITÉ 1 Découvrir les métiers de la cuisine

Le secteur de l'hôtellerie-restauration est divisé en trois grandes familles de métiers : les métiers de la cuisine, les métiers de la salle et les métiers de l'hôtellerie. Vous présentez au jeune stagiaire, Enzo, une partie de la brigade de la cuisine.

 # vidéo
Le métier de cuisinier 2'13
foucherconnect.fr/23ga25

1 Reliez par une flèche chaque personne à son métier.

Gabriel : « Je maîtrise tous les plats de la carte, je la renouvelle régulièrement, je dirige la brigade et je choisis les fournisseurs. »

Hassan : « Je réalise la préparation des recettes de A à Z et je dresse les plats. »

Djibril : « Je suis chargé de la préparation des ingrédients, de l'épluchage, du lavage, du taillage des légumes et je surveille la cuisson des plats. »

Inès : « J'ai en charge la réalisation des sauces et de tous les plats en sauce. Je maîtrise les différents fonds (blanc, brun, roux), les marinades et les courts-bouillons. »

Julien : « J'effectue l'entretien et le nettoyage de la vaisselle et des équipements de cuisine (batterie, chambre froide et sols), en veillant aux règles d'hygiène et de sécurité alimentaires. »

- Cuisinier(ère)
- Chef(fe) cuisinier(ère)
- Commis(e) de cuisine
- Plongeur(se)
- Saucier(ère)

ACTIVITÉ 2 Découvrir les métiers de la salle

Dans un second temps, Enzo rencontre quelques personnes qui travaillent en salle.

 # vidéo
Mon métier, c'est serveur en restauration 2'38
foucherconnect.fr/23ga26

2 En vous aidant des descriptions, **inscrivez** le métier de chaque personne. **Utilisez** la liste suivante : *maître/maîtresse d'hôtel, serveur/serveuse, sommelier, barman/barmaid.*

Je conseille les clients sur les choix des vins en fonction de leurs goûts et des plats.	J'accueille les clients, les installe à table, leur remets la carte des menus et des vins puis les conseille. Je coordonne aussi l'ensemble du personnel de la salle.	Je dresse les tables, prends les commandes, sers et dessers les clients.	Je sers les boissons commandées, réalise des cocktails et assure la gestion des stocks de boissons.

....	....	....	....

ACTIVITÉ 3 Découvrir les métiers de l'hôtellerie

Enfin, vous vous dirigez avec Enzo vers l'hôtel pour rejoindre son équipe.

 # vidéo
Le métier d'employé d'étage 3'17
foucherconnect.fr/23ga27

 # vidéo
Julie, réceptionniste dans un grand hôtel 3'00
foucherconnect.fr/23ga28

3 À l'aide des deux vidéos ci-contre, **retrouvez** les missions de chaque employé.

	Sasha, *night auditor* (réceptionniste de nuit)	Le réceptionniste de nuit ....
	Shérazade, réceptionniste	La réceptionniste ....
	Lou, employée d'étage	L'employée d'étage ....
	Karima, gouvernante	La gouvernante ....

Compléter et retenir

Les métiers de l'hôtellerie et de la restauration

Les métiers de l'hôtellerie-restauration sont le plus souvent organisés en trois brigades.
Les différentes appellations des métiers et les missions peuvent varier d'un établissement à l'autre.
La mission principale de ces trois brigades est de veiller à la satisfaction du client.

Les métiers de la cuisine

- Chef cuisinier
- ....
- ....
- ....
- ....

Les métiers de la salle

- Maître d'hôtel
- ....
- ....
- ....

Les métiers de l'hôtellerie

- Réceptionniste
- ....
- ....
- ....

Les missions de la cuisine

Réaliser les cuissons, dresser les plats, tout en veillant à la satisfaction des clients.

Les missions de la salle

Accueillir, conseiller, servir, desservir, prendre congé tout en veillant à la satisfaction des clients.

Les missions de l'hôtellerie

Accueillir, conseiller, servir et héberger, tout en veillant à la satisfaction des clients.

MOTS clés

Brigade

mémo audio
foucherconnect.fr/23ga29

Se tester

Retrouvez les métiers cachés dans la grille en les entourant.

Chef
Commis
Cuisinier
Gouvernante
Plongeur
Saucier
Serveur
Sommelier

K	C	H	E	F	K	O	M	A	N	D
I	F	C	O	M	M	I	S	G	U	P
C	U	I	S	I	N	I	E	R	B	N
G	O	U	V	E	R	N	A	N	T	E
P	L	O	N	G	E	U	R	Y	R	O
M	Z	S	A	U	C	I	E	R	V	I
S	E	R	V	E	U	R	R	T	B	S
U	V	S	O	M	M	E	L	I	E	R

QCM interactif
foucherconnect.fr/23ga30

Les secteurs de l'hôtellerie et de la restauration

2

Objectifs
- **Différencier** la restauration collective de la restauration commerciale
- **Découvrir** les différents types de restauration
- **Analyser** les chiffres clés de la restauration

Découvrir

CONTEXTE PRO

Vous travaillez en tant que cuisinier au sein du restaurant *Chez Léonie*, à Saint-Malo (35), qui propose une cuisine traditionnelle bretonne. Après les confinements, vous vous posez des questions sur votre avenir dans le secteur de la restauration. Vous décidez alors de réaliser des recherches sur les différents types de restaurants.

Face à la pénurie de main-d'œuvre dans l'hôtellerie-restauration, les pistes ne manquent pas pour relancer l'attractivité du secteur : par exemple l'aménagement du temps de travail, le logement des saisonniers ou le recrutement sur les réseaux sociaux.

VIDÉO

Au restaurant des *Grands buffets de Narbonne*, une augmentation des salaires de 30 % ! 2'

foucherconnect.fr/23ga38

1 Quel est le problème rencontré par les cafés, hôtels et restaurants ?

....

2 Donnez deux exemples d'initiatives pour pallier la pénurie de main-d'œuvre.

....

ACTIVITÉ 1 Découvrir les différents types de restauration

La restauration hors domicile comprend la restauration commerciale et la restauration collective. Vous souhaitez en savoir plus sur les différents types de restaurants.

ALIMENTATION DURABLE

doc 1 Une multitude de restaurants

Restauration commerciale La restauration commerciale regroupe les établissements qui ont pour objectif de gagner de l'argent grâce aux prestations fournies à la clientèle. Elle représente 15 % de la restauration hors domicile.	
Restauration traditionnelle	**Restaurant classique** : propose des plats variés à une clientèle variée.
	Restaurant gastronomique : propose des mets de grande qualité dans un cadre luxueux.
	Restaurant à thème : propose des plats autour d'un produit (poissons, pâtes, viandes...) ou autour d'un pays (Italie, Inde, Maghreb...).
	Brasserie : propose en continu des plats traditionnels français comme la choucroute, le cassoulet, la blanquette de veau...
Restauration rapide	**Fast-food** : propose des plats simples,standardisés, à consommer sur place ou à emporter.
	Sandwicherie : propose une variété importante de sandwichs, paninis, quiches, à consommer sur place ou à emporter.
	Snack : propose une petite restauration souvent associée à un débit de boisson (café).
	Cafétéria : propose une restauration simple et peu chère en self-service.
	Nouvelles tendances : food truck (camion ambulant), dark kitchen (« cuisine fantôme » qui ne réalise que des livraisons)...
Restauration collective La restauration collective produit des repas pour les collectivités à un prix modéré. Elle représente 85 % de la restauration hors domicile.	
Restaurant scolaire : propose des repas dans les crèches, écoles, collèges, lycées, universités.	
Restaurant d'entreprise : propose des repas aux salariés des entreprises ou des administrations publiques.	
Restaurant de santé : sert des repas aux hôpitaux, cliniques, maisons de retraite, EHPAD, centres de rééducation.	
Restaurant de centre de vacances : propose des repas aux centres aérés, aux colonies de vacances....	

1 **Inscrivez** sous chaque image le type de restaurant concerné.

ACTIVITÉ 2 Analyser les chiffres clés de la restauration

Vous vous intéressez ensuite plus précisément au marché de la restauration traditionnelle, car vous souhaitez savoir comment se porte ce marché actuellement, au sortir de la crise du Covid.

doc 2 Comment se porte le secteur de la restauration traditionnelle ?

En 2022, le retour de la croissance pour les restaurants traditionnels et la brasserie !

Le secteur
118 000 établissements
357 805 employés

Le marché
+ 59 % de chiffre d'affaires en France pour le marché de la restauration traditionnelle
76,6 milliards : la taille du marché de la restauration hors foyer en 2019.

Les perspectives en 2022-2023
Des perspectives très encourageantes, avec un essor de la vente à emporter.
La livraison et le click & collect ne cessent de progresser.

2 À l'aide du *doc 2*, **repérez** les chiffres clés de la restauration traditionnelle.

Combien d'employés travaillent dans la restauration traditionnelle ?	
Combien y a-t-il d'établissements ?	
Que signifie + 59 % de chiffre d'affaires ?	
Quels services ne cessent de progresser ?	
Comment se porte le marché ?	

doc 3 Les « dark kitchens », des cuisines sans restaurant

Lancez un nouveau restaurant à moindres coûts et rapidement. Le concept de dark kichens [...] consiste à proposer en location des lieux équipés de cuisines professionnelles, fonctionnelles et optimisées, pour livrer plus facilement vos clients actuels et toucher une nouvelle clientèle. À la différence des restaurants tels qu'on les connaît, les dark kitchens ne proposent pas d'accueil du public.

dark-kitchen.com

 # vidéo Un nouveau modèle de restauration : les « dark kitchens » 2'08
foucherconnect.fr/23ga39

3 **Expliquez** le succès des dark kitchens depuis 2019.

Compléter et retenir

Les secteurs de l'hôtellerie et de la restauration

Le secteur de la restauration comprend deux grands secteurs : la restauration commerciale et la restauration collective.

Les secteurs de la restauration

- **La restauration commerciale**
  - – Restaurant classique.
    - – ....
    - – ....
    - – ....
    - ....
  - – Fast food
    - – ....
    - – ....
    - – ....
    - – ....
- **La restauration collective**
  - – Restaurant scolaire
    - – ....
    - – ....
    - – ....
    - ....

Les secteurs de l'hôtellerie-restauration sont des secteurs clés de l'économie française.

Les établissements

– Hôtels : 17 405
– Restaurants : 175 000, dont 83 000 restaurants traditionnels
– Débits de boisson (cafés et bars) : 34 826

Les ressources humaines

– Salariés : 1,3 million
– Saisonniers (été) : 300 000
– Saisonniers (hiver) : 100 000
– Apprentis/alternants : 45 000

Le chiffre d'affaires

84 milliards d'euros en 2019

MOTS clés

Chiffre d'affaires • Marché • Secteur économique

 # mémo audio foucherconnect.fr/23ga40

Se tester

Complétez la grille de mots croisés.

Horizontalement

1. Salle dédiée aux repas aux élèves.
2. « Cuisine fantôme » accessible uniquement en ligne via des plateformes de livraison sur Internet.
3. Camion-restaurant installé dans un véhicule équipé pour la préparation, la cuisson et la vente de plats et boissons.
4. Établissement qui propose de la petite restauration, souvent associé à un débit de boisson.

Verticalement

A. Cliquer et emporter.
B. Établissement qui propose des mets de grande qualité dans un cadre luxueux.

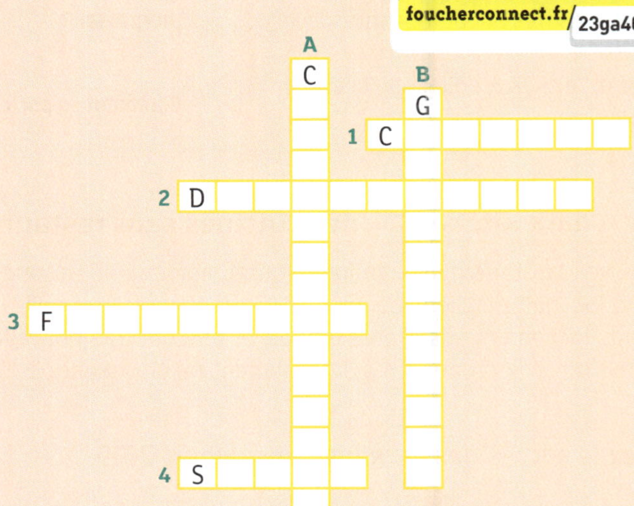

QCM interactif foucherconnect.fr/23ga41

L'entreprise d'hôtellerie restauration : formes et statuts juridiques

3

Objectifs
- **Comparer** les différentes formes juridiques des entreprises
- **Choisir** une forme juridique

Découvrir

CONTEXTE PRO

Serveur depuis plusieurs années dans une brasserie de Nice, vous envisagez de créer votre propre restaurant, car la cuisine est pour vous une véritable passion.

Avant de vous lancer, vous vous renseignez sur les différentes formes juridiques proposées quand on crée une entreprise.

VIDÉO

Quel statut juridique choisir pour une entreprise ?
3'30
foucherconnect.fr/23ga14

1 Que signifie, selon vous, la notion de responsabilité limitée ?

2 Peut-on saisir la voiture du dirigeant ? Aidez-vous de la vidéo pour répondre à cette question.

ACTIVITÉ 1 Créer seul une entreprise d'hôtellerie restauration

Lors de la création d'une entreprise, la loi vous impose de choisir une forme juridique, appelée statut juridique. Vous décidez de rencontrer de jeunes entrepreneurs qui sont dans la même démarche que vous.

doc 1 Des statuts pour sa propre entreprise

Le choix du statut juridique est une étape importante de la création d'une entreprise. Comment choisir le statut le plus adapté à son projet ?
Si vous décidez de vous lancer seul, vous avez le choix entre l'entreprise individuelle, l'entreprise unipersonnelle à responsabilité limitée ou la société par actions simplifiée unipersonnelle.

	Entreprise individuelle (EI)	Entreprise unipersonnelle à responsabilité limitée (EURL)	Société par actions simplifiée unipersonnelle (SASU)
Nombre de personnes	1	1	1
Apport minimal	Aucun	1 €	1€
Responsabilité	Illimitée	Limitée au montant des apports	Limitée au montant des apports
Formalités de création	Simples et peu coûteuses	Plus complexes et peu coûteuses	Plus complexes et peu coûteuses
Appellation du dirigeant	Entrepreneur	Gérant	Président
Régime fiscal	Impôt sur le revenu	Impôt sur le revenu	Impôt sur les sociétés
Régime social du dirigeant	Non salarié	Non salarié	Salarié

4 **Retrouvez** le statut juridique qui correspond le mieux à la motivation de chacun des jeunes entrepreneurs ci-dessous.

Paul

Avant tout, je souhaite protéger ma famille. Propriétaire de ma maison, je suis le seul à travailler dans mon foyer.

Nora

Je vis seule, je suis jeune et en bonne santé, l'important pour moi c'est de gagner de l'argent.

Aroun

Le plus important pour moi, c'est de protéger mon patrimoine.

- L'entreprise individuelle
- La SASU
- L'EURL

ACTIVITÉ 2 Créer une entreprise d'hôtellerie restauration à plusieurs

Comme votre collègue et amie Nadia aimerait s'engager avec vous dans cette nouvelle aventure, vous étudiez les possibilités de créer une entreprise à plusieurs. Vous souhaitez protéger votre patrimoine tout en ayant une certaine liberté dans la rédaction des futurs statuts de votre entreprise.

doc 2 Un projet partagé

Si vous décidez de vous lancer à plusieurs, vous pouvez choisir la société à responsabilité limitée, la société anonyme ou la société par actions simplifiée.

 # vidéo
Les différences entre la SAS et la SARL 2'09
foucherconnect.fr/23ga15

La société à responsabilité limitée (SARL) ➜ Pour créer une société avec un apport minimum flexible

La société à responsabilité limitée (SARL) comprend au minimum deux associés. Cette forme juridique est la plus répandue pour les sociétés.

- **Associé(s) :** de 2 à 100 personnes
- **Responsabilité de l'associé ou des associés :** limitée à leur apport
- **Dirigeant(s) :** un ou plusieurs gérants
- **Capital social :** libre
- **Régime social :** travailleur non salarié
- **Imposition des bénéfices :** impôt sur les sociétés

La société anonyme (SA) ➜ Pour des projets d'envergure avec une responsabilité limitée

Ce type de société permet de réunir beaucoup d'associés (ou « actionnaires ») et beaucoup de capitaux.

- **Associé(s) :** au minimum sept
- **Responsabilité de l'associé ou des associés :** limitée à leur apport
- **Dirigeant(s) :** un président désigné
- **Capital social :** au minimum 37 000 €
- **Régime social :** assimilé salarié
- **Imposition des bénéfices :** impôt sur les sociétés

La société par actions simplifiée (SAS) ➜ Un statut souple et une responsabilité limitée aux apports

Ce type de société permet une large souplesse au niveau du capital et de la transmission des actions.

- **Associé(s) :** au minimum deux
- **Responsabilité de l'associé ou des associés :** limitée à leur apport
- **Dirigeant(s) :** un président
- **Capital social :** libre
- **Régime social :** assimilé salarié
- **Imposition des bénéfices :** impôt sur les sociétés

5 **Entourez** sur le *doc 2* la forme juridique qui vous semble la plus adaptée à votre projet avec Nadia.

6 **Justifiez** votre réponse.

....

....

....

....

Compléter et retenir

L'entreprise d'hôtellerie restauration : formes et statuts juridiques

Le choix d'une forme juridique pour une entreprise permet de définir les règles qui l'organisent. Ce choix se détermine d'abord par le nombre de personnes qui souhaitent s'engager dans la création.

Se lancer seul

L'EI : l'entreprise individuelle

- Apport minimal : ....
- Nombre de personnes : ....
- Responsabilité du dirigeant : ....
- Régime social du dirigeant : ....

L'EURL : l'entreprise unipersonnelle à responsabilité limitée

- Apport minimal : ....
- Nombre de personnes : ....
- Responsabilité du dirigeant : ....
....
- Régime social du dirigeant : ....

La SASU : la société par actions simplifiée unipersonnelle

- Apport minimal : ....
- Nombre de personnes : ....
- Responsabilité du dirigeant : ....
....
- Régime social du dirigeant : ....

Se lancer à plusieurs

La SARL : la société à responsabilité limitée

- Apport minimal : ....
- Nombre de personnes : ....
- Responsabilité des associés : ....
....
- Régime social des associés : ....

La SAS : la société par actions simplifiée

- Apport minimal : ....
- Nombre de personnes ....
- Responsabilité des associés : ....
....
- Régime social des associés : ....

La SA : la société anonyme

- Apport minimal : ....
- Nombre de personnes : ....
- Responsabilité des actionnaires : ....
....
- Régime social du dirigeant : ....

MOTS clés

Capital social • Impôt • Régime fiscal

mémo audio
foucherconnect.fr/23ga16

Se tester

Décodez le rébus pour retrouver la forme juridique : il s'agit de la ....

M'

QCM interactif
foucherconnect.fr/23ga17

Les relations internes et externes au sein de l'entreprise

4

Objectifs
- **Communiquer** dans un contexte professionnel
- **Se situer** dans un environnement professionnel

Découvrir

CONTEXTE PRO

Vous venez d'être embauché en tant que commis de cuisine au restaurant *Les terrasses du port* à Biarritz. La directrice, Delphine Collinet, vous remet l'organigramme de l'entreprise pour que vous fassiez connaissance avec l'ensemble du personnel.

VIDÉO

La communication interne, c'est quoi ? 1'58

foucherconnect.fr/23ga45

1. Peut-on retrouver la fonction de chaque personne figurant sur la photographie ?

2. Peut-on différencier sur la photographie la serveuse et la stagiaire en salle ?

ACTIVITÉ 1 Découvrir les relations au sein de l'organisation

Vous étudiez avec attention l'organigramme que vous a remis la directrice et essayez de mémoriser les noms et fonctions de chacun de vos collègues.

doc 1 Qui fait quoi ?

L'organigramme hiérarchique est un outil très important qui permet de connaître le rôle de chaque collaborateur ainsi que les relations entre eux.

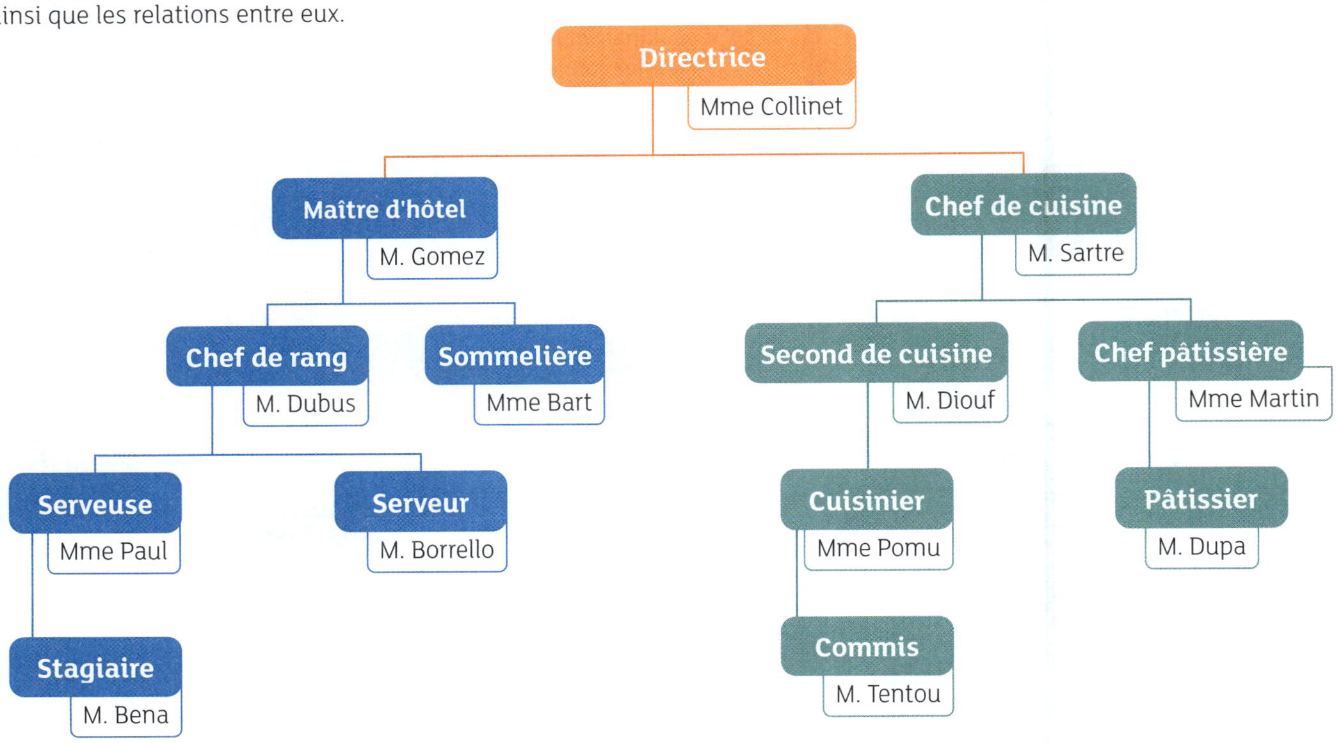

Des liens de deux natures peuvent être représentés :

- **le lien hiérarchique :** le subordonné reçoit des ordres de son ou de ses supérieurs hiérarchiques ;
- **le lien fonctionnel :** le subordonné peut recevoir des ordres de tout autre salarié sans qu'il existe un lien hiérarchique entre eux.

1 À l'aide du *doc 1*, **répondez** aux questions suivantes.

Combien de salariés travaillent au restaurant *Les terrasses du port* ? ....

Quel est le nom du responsable de la brigade de cuisine ? ....

Quel est le nom du responsable de la brigade de salle ? ....

Quel est le nom du supérieur hiérarchique direct des serveurs ? ....

2 **Retrouvez** la nature des liens dans les situations ci-dessous en cochant la case correspondante.

Situation	Lien hiérarchique	Lien fonctionnel
Le serveur vous demande de réchauffer le plat d'une cliente.		
La directrice vous demande de changer votre jour de congé hebdomadaire.		
Le maître d'hôtel vous demande la liste des ingrédients qui composeront l'entrée.		

ACTIVITÉ 2 Identifier les outils de communication interne et externe

doc 2 Des outils à profusion

Une des clés de la réussite d'une entreprise est une communication efficace, avec le personnel, mais aussi avec les différents partenaires externes (clients, fournisseurs...).

	Communication interne	Communication externe
Type de communication	Toutes les formes de communication au sein de l'entreprise (entre les membres du personnel).	Toutes les formes de communication destinées aux partenaires externes à l'entreprise (fournisseurs, clients...).
Exemples	L'Intranet, la newsletter, la note de service, la note d'information, le tableau d'affichage...).	Le flyer, le site de l'entreprise, la page Facebook, le set de table, le chevalet, la carte de visite...).

3 **Inscrivez** le nom de chaque outil de communication sous l'illustration qui lui revient.

4 **Entourez** ensuite, en rouge, les outils de communication interne.

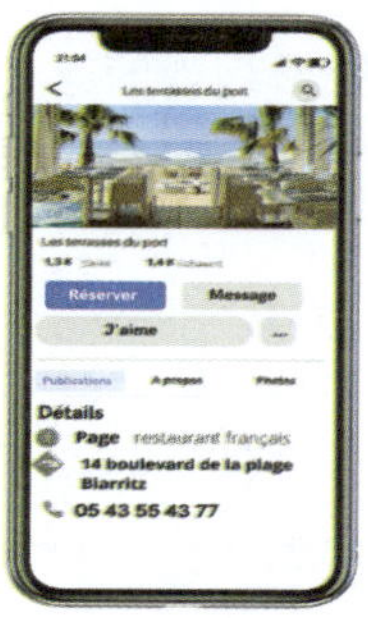

....

....

....

....

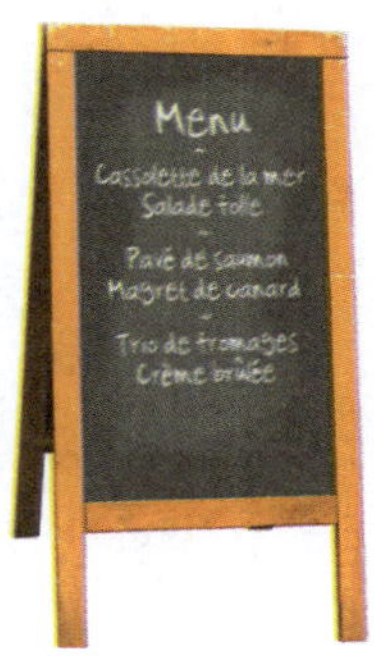

....

....

....

Les terrasses du port
14 boulevard de la plage 64 200 Biarritz
05 43 55 43 77

Note de service N° 14

Le 15 juin 20..
À l'ensemble du personnel

Chers collaborateurs,

Nous sommes heureux de vous informer de l'arrivée de Mme Nouha Cécile dans notre entreprise à partir du 1er juillet qui occupera le poste de serveuse.

Nous comptons sur vous pour lui réserver un accueil chaleureux.

La direction

....

....

Compléter et retenir

Les relations internes et externes au sein de l'entreprise

L'organigramme hiérarchique représente les .... entre les employés ainsi que la .... de chacun.

C'est une photographie à une date bien précise des .... de l'organisation.

L'organigramme évolue, par exemple lors de l'embauche ou du départ d'un salarié.

Pour communiquer efficacement, au sein de l'entreprise ou avec ses partenaires externes, l'entreprise utilise des .... de communication.

Les outils de communication ....

- Note de service
- ....
- ....
- ....
- ....

Les outils de communication ....

- Chevalet de rue
- Carte de visite
- ....
- ....
- ....
- ....

MOTS clés
Hiérarchique
Organigramme

 # mémo audio
foucherconnect.fr/23ga46

Se tester

Retrouvez puis **entourez** les mots ci-dessous dans la grille (lecture horizontale et verticale).

Externe
Facebook
Flyer
Fonctionnel
Hiérarchique
Interne
Intranet
Organigramme
Relation
Site

I	N	T	E	R	N	E	U	S	I	T	E
O	R	G	A	N	I	G	R	A	M	M	E
F	O	N	C	T	I	O	N	N	E	L	R
Q	V	I	R	F	L	Y	E	R	F	U	E
M	I	N	T	R	A	N	E	T	D	P	X
N	H	R	E	L	A	T	I	O	N	R	T
O	F	T	J	A	Q	S	F	P	Y	G	E
Z	H	F	A	C	E	B	O	O	K	D	R
Y	B	R	A	O	P	E	E	R	T	Y	N
H	I	É	R	A	R	C	H	I	Q	U	E

QCM interactif
foucherconnect.fr/23ga47

Le contrat de travail

5

Objectifs
- **Définir** la notion de contrat de travail
- **Identifier** les principaux types de contrats de travail
- **Connaître** les causes de rupture du contrat.

Découvrir

CONTEXTE PRO

Sodexo est une entreprise spécialisée dans le développement de services à la personne. Les services proposés sont divers : restauration collective, entretien de locaux ou services à domicile tels que la garde d'enfants ou le ménage.
Pendant vos années d'études en CAP, vous avez effectué différents stages chez Sodexo à Amiens. Maintenant que vous avez votre diplôme en poche, l'entreprise souhaite vous embaucher.

VIDÉO

Que faut-il vérifier avant de signer son contrat de travail ?
0'54
foucherconnect.fr/23ga01

1 Que voyez-vous sur cette photographie ?

2 Quels sont les différents types de contrats de travail que vous connaissez ?

ACTIVITÉ 1 Identifier les différents contrats de travail

Avant de signer le contrat de travail que vous propose Sodexo, vous souhaitez en savoir plus sur les différents contrats de travail existants.

doc 1 Une définition à connaître

Un contrat de travail existe dès lors qu'une personne (le salarié) s'engage à travailler, moyennant rémunération, pour le compte et sous les ordres et le contrôle d'une autre personne (l'employeur).
Son exécution entraîne un certain nombre d'obligations, tant pour le salarié que pour l'employeur.

Insee, 26 février 2020

1 Surlignez dans le *doc 1* les mots importants pour comprendre ce qu'est un contrat de travail.

doc 2 Entretien avec M. Perelade, directeur d'exploitation chez Sodexo

Bonjour M. Perelade. Au sein de votre entreprise, quels sont les différents contrats de travail que vous utilisez lorsque vous recrutez ?

Chez Sodexo, nous embauchons principalement en CDI (contrat à durée indéterminée), ce qui représente environ 85 % des contrats signés. Ce sont des salariés qui restent toute l'année dans l'entreprise et qui sont, pour certains, présents chez Sodexo depuis plus de 15 ans.

Nous embauchons aussi des CDD (contrats à durée déterminée), pour environ 10 % des contrats signés. Ces contrats sont généralement utilisés pour effectuer des remplacements de personnel absent ou pour des périodes de forte activité. Ces contrats sont en moyenne d'une durée de 3 mois.

Enfin, nous faisons également appel à des intérimaires en CTT (contrats de travail temporaire). Chez Sodexo, ce type de contrat est principalement utilisé pendant les vacances, car beaucoup de nos employés prennent leurs congés pendant les périodes scolaires (environ 5 % des embauches).

Entretien réalisé le 27 octobre 2022 par Foucher

2 Retrouvez, pour chaque définition ci-dessous, le type de contrat de travail.

....	Forme normale du contrat de travail, passé entre un employeur et un salarié, sans limitation de durée.
....	Contrat de travail par lequel un employeur recrute un salarié pour une durée limitée. Un tel contrat n'est possible que pour l'exécution d'une tâche précise et temporaire, et seulement dans les cas énumérés par la loi.
....	Contrat qui consiste à mettre à disposition provisoire d'entreprises « clientes » des salariés qui, en fonction d'une rémunération convenue, sont embauchés et rémunérés par l'entreprise de travail temporaire.
....	Contrat de travail conclu entre un employeur et un jeune de 16 à 29 ans ayant satisfait à l'obligation scolaire (possible au-delà de 29 ans dans certains cas).

ACTIVITÉ 2 Connaître les causes de rupture du contrat de travail

doc 3 Comment mettre fin à un contrat de travail ?

Un contrat de travail peut être rompu de trois manières : par le salarié, par l'employeur ou par une décision commune.

RUPTURE À L'INITIATIVE DU SALARIÉ

- **Démission**
- **Rupture anticipée**
- **Départ à la retraite**
- **Résiliation judiciaire** (en cas de manquements graves de l'employeur à ses obligations contractuelles)
- **Prise d'acte** (quand le salarié reproche certains faits qu'il considère comme fautifs à son employeur)

RUPTURE À L'INITIATIVE DE L'EMPLOYEUR

- **Licenciement** (pour faute, pour motif personnel ou pour motif économique)
- **Mise à la retraite**
- **Force majeure**

RUPTURE PAR UNE DÉCISION COMMUNE

- **Rupture conventionnelle** (qui permet au salarié et à l'employeur de mettre fin au contrat à l'amiable)

3 Pour chacune des situations ci-dessous, **indiquez** le mode de rupture du contrat de travail, puis la personne à l'initiative de la rupture (salarié, employeur ou décision commune).

Situation		Mode de ruptures	Qui est à l'initiative ?
	Laura a quitté son entreprise après avoir trouvé un autre emploi.		
	Robert souhaite partir à la retraite après plus de 40 ans chez Sodexo.		
	Lors d'un violent orage, une grande partie de l'entreprise a été détruite.	Force majeure	
	Afin de créer son entreprise, Mathieu a trouvé un accord avec son directeur pour quitter l'entreprise actuelle.		
	Adriana ne va pas au bout de sa mission intérimaire, car Sodexo souhaite l'embaucher en CDI avant la fin de son contrat.		Le salarié et l'employeur

Compléter et retenir

Le contrat de travail

Un salarié s'engage à travailler en échange d'une rémunération sous les ordres de son employeur. Ils sont alors liés par un contrat de travail.

Il existe quatre principaux types de contrats de travail.

....	....	....	....

Le contrat de travail entraîne des obligations aussi bien pour le salarié que pour l'employeur.

Obligations ....

- Respect des règles internes de l'entreprise
- Obligation de loyauté et de discrétion

Obligations ....

- Fournir le travail convenu par le contrat de travail
- Rémunérer le salarié pour le travail effectué

Il existe différentes manières de rompre un contrat de travail.

- **Rupture du fait du salarié** → .... , départ à la retraite, ...
- **Rupture du fait de l'employeur** → .... , mise à la retraite, force majeure
- **Rupture du fait des deux parties** → Rupture ....

MOTS clés

Contrat • Rémunération • Démission • Licenciement • Force majeure

 # mémo audio foucherconnect.fr/23ga02

Se tester

Retrouvez les mots cachés.

SPAPRETISNAGE	A					N						G	
LENICEMICENT	L					C			M			
ÉMIDISSON		É					I					
ASALÉRI	S						É					
CANTROT				T	R							
IDC	C											
DCD		D										

QCM interactif foucherconnect.fr/23ga03

La convention collective des hôtels, cafés et restaurants (HCR)

6

Objectifs
- **Définir** la notion de convention collective
- **Comprendre** les intérêts de la convention collective
- **Connaître** les principales clauses

Découvrir

CONTEXTE PRO

Après leur CAP, Marion et Jérémy vont être embauchés tous les deux comme serveurs dans le même restaurant. Un ami cuisinier leur a expliqué que, grâce à la nouvelle convention collective HCR, il venait d'obtenir une augmentation.
Marion et Jérémy veulent alors en savoir plus pour comprendre ce qu'est une convention collective.

VIDÉO
C'est quoi une convention collective ? 0'60
foucherconnect.fr/23ga11

1 Que voyez-vous sur cette illustration ?

....

....

....

....

2 Pour quelle raison ces personnes ne peuvent-elles pas changer l'ampoule ?

....

....

....

ACTIVITÉ 1 Comprendre la convention collective et son intérêt

Leur futur patron annonce à Jérémy qu'il touchera 200 euros brut de plus que Marion pour la seule raison que Jérémy est un homme. Les deux amis vont alors se renseigner sur la convention collective des hôtels, cafés et restaurants pour savoir si une telle raison peut expliquer une différence de salaire entre les deux amis.

doc 1 Du côté de la voix du juriste...

La convention collective est le document qui réglemente les relations de travail dans une entreprise ou une branche professionnelle[1]. Cet accord écrit et négocié permet d'adapter le droit du travail aux spécificités d'un secteur d'activité.

La convention collective traite ainsi de la période d'essai et de son renouvellement, des jours fériés chômés, des indemnités diverses, du départ à la retraite, des conditions de travail, des salaires... Mais elle ne peut pas être plus défavorable que la loi.

1. Une branche professionnelle est un regroupement d'entreprises du même secteur d'activité qui produisent ou vendent les mêmes produits, par exemple l'ameublement, l'automobile, l'alimentation...

1. **Soulignez** en bleu dans le *doc 1* ce qu'est une convention collective.

2. **Surlignez** en jaune ce que la convention collective permet de réglementer au sein des entreprises.

doc 2 L'article 11 de la convention collective des hôtels, cafés et restaurants

L'égalité professionnelle entre hommes et femmes est réglée selon la législation en vigueur. Tout employeur est tenu d'assurer, pour un même travail ou pour un travail de valeur égale, l'égalité de rémunération entre les hommes et les femmes. [...]

Sont considérés comme ayant une valeur égale les travaux qui exigent des salariés un ensemble comparable de connaissances professionnelles consacrées par un titre, un diplôme ou une pratique professionnelle [...]. Les disparités de rémunération entre les établissements d'une même entreprise ne peuvent pas, pour un même travail ou pour un travail égal, être fondées sur l'appartenance des salariés de ces établissements à l'un ou l'autre sexe.

Extrait de la convention collective HCR du 30 avril 1997.

3. **Déterminez**, à l'aide du *doc 2*, si le futur patron de Jérémy et Marion peut justifier cette différence de salaire entre deux serveurs qui ont les mêmes compétences.

....

....

4. **Déduisez-en** l'intérêt de la convention collective.

....

....

ACTIVITÉ 2 Identifier ses principales clauses

doc 3 Les dix grandes rubriques de la convention collective des hôtels, cafés et restaurants (HCR)

La convention collective nationale HCR établit des règles spécifiques qui seront appliquées à tous les établissements du secteur de l'hôtellerie et de la restauration.

Rubrique 1	**Dispositions générales**	Les cas d'application et les personnes concernées par la convention collective.
Rubrique 2	**Liberté d'opinion et liberté syndicale**	Les salariés et les employeurs ont le droit d'avoir leurs propres opinions et d'adhérer librement à un syndicat.
Rubrique 3	**Égalité professionnelle**	Les hommes et les femmes doivent recevoir une égalité de traitement.
Rubrique 4	**Contrat de travail**	Les différents types de contrats de travail possibles ainsi que l'obligation de favoriser l'accès au travail aux personnes présentant un handicap.
Rubrique 5	**Apprentissage et formation**	Chaque salarié a la possibilité de réaliser un apprentissage et de se former durant le travail.
Rubrique 6	**Durée et aménagement du temps de travail**	La fixation du temps hebdomadaire légal de travail ainsi que le fonctionnement des heures supplémentaires.
Rubrique 7	**Congés et suspension du contrat de travail**	Les congés et droits aux absences, jours fériés ou pour donner suite à des événements familiaux (ex. : naissance, décès…).
Rubrique 8	**Rupture du contrat de travail**	Le fonctionnement de la rupture du contrat de travail dans le cadre d'une démission ou d'un licenciement.
Rubrique 9	**Salaires et classifications**	Le détail des salaires possibles dans le métier ainsi que des avantages en nature.
Rubrique 10	**Prévoyance**	La possibilité de renégocier la convention collective.

5 À l'aide du *doc 3*, **indiquez** le numéro de la rubrique de la convention collective HCR qui concerne chacune des situations décrites ci-dessous.

6 Pour chaque situation, **surlignez** en bleu les prénoms lorsqu'il s'agit d'un salarié, en rouge lorsqu'il s'agit d'un employeur.

Situation	Rubrique
Louis souhaite connaître les horaires qu'il doit effectuer par semaine.	6
Thomas voudrait embaucher un cuisinier en CDD pour l'été.	....
Éléonore doit s'absenter pour un congé maternité et souhaite avertir son employeur.	....

Situation	Rubrique
Medhi veut demander à son employeur de réaliser un contrat d'apprentissage au sein de son entreprise actuelle.	....
Sabrina envisage de démissionner.	....
Gwenaëlle souhaite embaucher un salarié et veut connaître le salaire moyen qu'elle devra verser.	....

Compléter et retenir

La convention collective des hôtels, cafés et restaurants (HCR)

La .... est un document qui permet de réglementer les relations de travail

au sein

- d'une .... ,
- d'un .... ,
- ou d'une ....

Quel est l'intérêt d'une convention collective ?

La convention collective contient des informations utiles pour le bon fonctionnement de l'organisation d'une entreprise, aussi bien pour les .... que pour les ....

Elle permet aussi à toutes les personnes qui interviennent dans la vie de l'entreprise ou dans la branche professionnelle de connaître .... et ....

Qu'est-ce que la convention collective nationale HCR ?

La convention nationale des .... , ... (HCR) comporte .... grandes rubriques.

Elle établit les .... et les .... des salariés travaillant dans ce secteur d'activité.

MOTS clés

Convention collective • Branche professionnelle • Secteur d'activité

mémo audio foucherconnect.fr/23ga12

Se tester

Retrouvez les mots cachés.

R T E P E I R N S E	E					P				
V I O C T E N O N N		O			E					N
C E C V L T L I O E			L	L						
P R E O U M Y E L		M				Y			R	
B H N E A C R	B			N						
C N M T D E O U	D				M			T		
A S É L R A I				A						

QCM interactif foucherconnect.fr/23ga13

Les circuits d'approvisionnement

7

Objectifs
- **Analyser** le circuit d'approvisionnement d'un restaurant
- **Distinguer** les circuits et canaux de distribution

Découvrir

CONTEXTE PRO

Vous travaillez en tant que serveur au restaurant *Chez Mattis*, situé à Reims (51). Cet établissement gastronomique propose une cuisine raffinée. Son chef, M. Fournier, soucieux de respecter les saisons, est en constante recherche des meilleurs produits de la région à cuisinier. Afin de répondre aux attentes des clients de plus en plus exigeants concernant l'origine des produits, vous vous intéressez de plus près à leur provenance.

VIDÉO

Locavore : quand restauration rime avec circuits courts et amour des produits du terroir 1'53

foucherconnect.fr/23ga74

1 Après avoir visionné la vidéo, donnez une définition du terme « restaurant locavore ».

....

....

2 Pourquoi parle-t-on alors d'une alimentation responsable ?

....

....

ACTIVITÉ 1 Analyser l'approvisionnement du restaurant

Au cours de vos services, de nombreux clients vous demandent la provenance des produits qu'ils retrouvent dans leurs assiettes. Vous devez ainsi connaître le circuit d'approvisionnement pour pouvoir répondre.

ALIMENTATION DURABLE

doc 1 Du côté de *Chez Mattis*

❶ Le restaurateur passe **commande**, Il remplit un **bon de commande**.

❷ Le producteur **livre** le restaurateur et fournit un **bon de livraison**, puis envoie **une facture**.

❸

❹ Le client **consomme** le repas préparé par le restaurateur grâce aux produits reçus et règle l'**addition**.

1 Après avoir analysé le *doc 1*, **complétez** le tableau ci-dessous.

Étapes	Acteurs	Actions des acteurs	Documents utilisés
❶	Le restaurateur et le producteur		
❷		Le producteur livre le restaurant.	
❸			Facture
❹			

ACTIVITÉ 2 Identifier les canaux de distribution du secteur hôtellerie-restauration

doc 2 Des définitions utiles

M. Fournier vous explique qu'il utilise différents canaux de distribution pour s'approvisionner quotidiennement.

- **Le canal de distribution** représente le chemin suivi par un produit du producteur au consommateur. Plus les intermédiaires sont nombreux, plus le canal est long. On en distingue trois principaux : le canal direct, le canal court et le canal long.
- **Le circuit de distribution** représente l'ensemble des canaux de distribution utilisés par une organisation pour s'approvisionner.

doc 3 Les chemins des produits « Mattis »

❶ « Comme je privilégie les circuits courts pour la volaille, les viandes, les œufs et certains fromages, je vais directement à la ferme Durant en face du restaurant. »

❷ « Il m'arrive régulièrement d'aller chez Métro (grossiste pour les professionnels de la restauration) pour les produits courants comme les concentrés de tomate, les boissons, les emballages. Ce grossiste s'approvisionne auprès des fabricants ou d'autres fournisseurs. »

❸ « Je me suis découvert une passion pour le potager et je cultive de plus en plus d'herbes aromatiques, de courges et de salades que j'utilise directement pour la réalisation de certains plats. »

2 **Replacez** le numéro de chaque situation décrite dans le *doc 3* sous le canal qui lui revient.

3 **Indiquez** ensuite la nature de chaque canal de distribution : direct, court ou long.

Situation n° .... Canal : ....

Situation n° .... Canal : ....

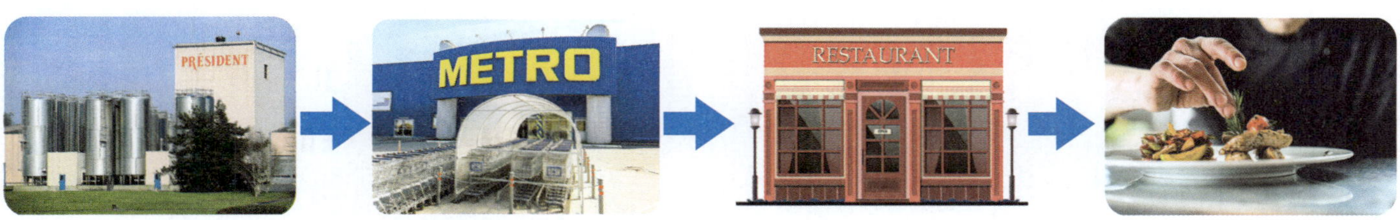

Situation n° .... Canal : ....

Compléter et retenir

Les circuits d'approvisionnement

Le comportement des clients de la restauration évolue de plus en plus. Avec le réchauffement climatique, les consommateurs veulent limiter leur empreinte carbone et privilégier les produits locaux et les circuits courts. Il est donc essentiel de bien choisir ses canaux de distribution.

Le circuit d'approvisionnement et ses documents

Les canaux et circuits de distribution

- Le canal de distribution représente le chemin suivi par un produit du producteur au consommateur. Plus les intermédiaires sont nombreux, plus le canal est long.
- Le circuit de distribution représente l'ensemble des canaux de distribution auxquels a recours l'entreprise pour s'approvisionner en produits et services, en général plusieurs canaux différents en même temps.

On distingue trois principaux canaux de distribution.

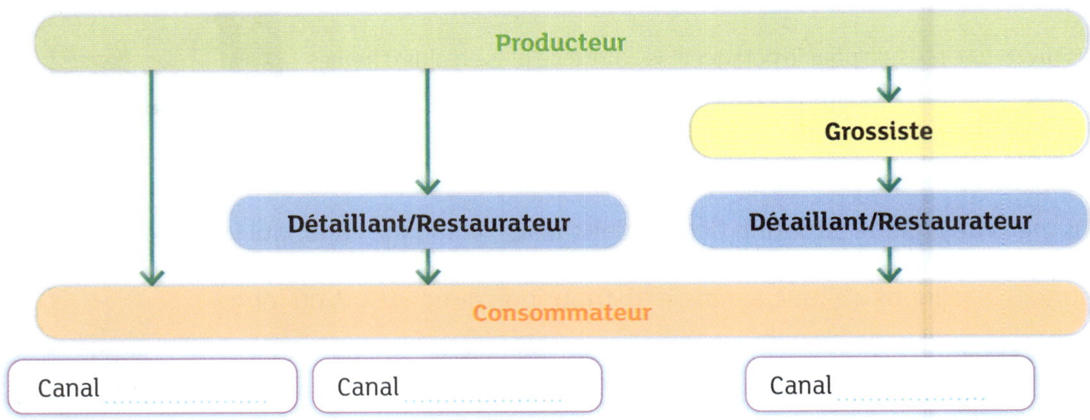

MOTS clés
Canal de distribution • Circuit d'approvisionnement
 # mémo audio foucherconnect.fr/23ga75

Se tester

Décodez le rébus qui reprend une notion importante de la leçon.

...
La
Les

d'

10

....

Il
Elle
...

....

Réponse : ....

QCM interactif foucherconnect.fr/23ga76

La démarche de développement durable, tri et gestion des déchets

8

Objectifs
- **Trier** et **évacuer** les biodéchets
- **Appliquer** une démarche de développement durable

Découvrir

CONTEXTE PRO

Vous êtes élève dans un lycée hôtelier de Bretagne en CAP cuisine. Tous les jours, les différentes sections de l'établissement élaborent des plats pour le restaurant d'application et des plats à emporter vendus au magasin d'application. La cantine, quant à elle, fabrique plus de 400 repas par jour. La lutte contre le gaspillage alimentaire est devenue une préoccupation majeure des établissements scolaires.

VIDÉO

Restauration durable : comment réduire et recycler ses déchets ?
jusqu'à 3'58

foucherconnect.fr/23ga58

1 En quoi consiste, selon vous, le gourmet bag ?

....

....

2 Pourquoi la loi EGalim du 30 octobre 2018 oblige-t-elle les restaurateurs à proposer un gourmet bag (aussi appelé « doggy bag ») aux clients depuis le 1er juillet 2021 ?

....

ACTIVITÉ 1 Recenser les démarches de développement durable

Afin de respecter la loi du 10 février 2020 relative à la lutte contre le gaspillage et à l'économie circulaire, et pour se préparer à l'échéance de 2024 qui prévoit le recyclage de tous les biodéchets, votre lycée professionnel a mis en place plusieurs actions écoresponsables.

1 **Reliez** chaque action écoresponsable à sa dénomination.

	Compost
	Gourmet bag
	Promotion
	Tri des déchets
	Application antigaspi
	Emballages réutilisables

Entre la restauration scolaire et les restaurants d'application, les épluchures de légumes représentent une quantité importante de déchets potentiels.

2 **Proposez** un exemple d'utilisation responsable des épluchures.

....

....

ACTIVITÉ 2 Participer à la lutte antigaspi

doc 1 Une application mobile devenue célèbre

Pour éviter de jeter les plats dont la date de péremption arrive à échéance, votre lycée propose chaque jour à la vente des paniers via To Good To Go, une application antigaspi. Le panier, d'une valeur de 15 euros, est vendu au client au prix de 4,99 euros. Vous préparez le panier de ce 8 décembre en respectant les consignes de Mme Gomez, responsable de ce dispositif.

Vous disposez du stock disponible en chambre froide au 8 décembre. Vous devez prendre les produits dont la DLC est arrivée à échéance. La valeur du panier doit correspondre à 15 euros. Le pain et les viennoiseries du jour peuvent compléter le panier.

Too Good To Go

3 **Entourez** ci-dessous les produits que vous allez sélectionner dans votre panier.

Viennoiserie 1,00 €

Baguette 0,80 €

4 **Complétez** ensuite le cahier de traçabilité.

Nom des produits choisis	DLC	Quantité	Prix unitaire	Total
Blanquette de poulet	08/12	2	4,00	8,00
			PRIX TOTAL	

Compléter et retenir

La démarche de développement durable, tri et gestion des déchets

Aujourd'hui, les professionnels inscrivent leur action dans le cadre d'une démarche de développement durable. Ils doivent se conformer progressivement à la loi, mais aussi mettre en oeuvre au quotidien des actions qui leur permettent de lutter contre le gaspillage et de contribuer à l'économie circulaire.

Ce que dit la loi

- La loi du 10 février 2020 relative à la lutte contre le gaspillage et à l'économie circulaire, dite « loi anti-gaspillage », prévoit que les personnes qui produisent ou détiennent une quantité importante de biodéchets aient l'obligation de trier ces biodéchets et de les faire valoriser dans des filières adaptées (comme le compostage ou la méthanisation).
- Cette loi sera étendue à tous les particuliers dès le 1er janvier 2024.

Des exemples de démarches possibles en lien avec le développement durable :

- Compostage des biodéchets
- ....
- ....
- ....
- ....
- ....
- ....

MOTS clés

Biodéchet • Économie circulaire

mémo audio
foucherconnect.fr/23ga59

Se tester

Complétez la grille de mots croisés.

Horizontalement

1. Action de trier les déchets selon leur nature.
2. Processus de transformation des biodéchets en matières organiques.
3. Qui respecte l'environnement.
4. Action de gaspiller.

Verticalement

A. Contenant dont le rôle est de protéger la marchandise.
B. Déchet composé de matière organique.
C. Réduction de prix.
D. Contenant permettant au client de repartir du restaurant avec les restes de son repas.

QCM interactif
foucherconnect.fr/23ga60

Les documents commerciaux

9

Objectif
- **Utiliser** les supports et outils nécessaires à l'approvisionnement

Découvrir

CONTEXTE PRO

Vous êtes recruté dans un parc de loisirs des Hauts-de-France situé à Lewarde. Dans ce lieu de divertissement, il est également possible de se restaurer puisqu'un stand friterie vient d'être installé à l'entrée du parc. C'est vous qui aurez à gérer les stocks et les commandes des produits de cette friterie.

VIDÉO
Les différents documents commerciaux
2'38
foucherconnect.fr/23ga68

1 Que voyez-vous sur cette photographie ?

....

....

2 Quels documents ont été utilisés pour permettre l'arrivée de ces produits ?

– ....

– ....

ACTIVITÉ 1 Identifier les documents commerciaux

Une commande de produits pour le stand friterie doit être passée. Votre responsable, Pierre Costa, vous explique que la connaissance des documents commerciaux est essentielle pour mener à bien ce travail.

doc 1 Les documents commerciaux indispensables

Document commercial A

Parc de loisirs des Hauts-de-France
ZI du Parc
59287 Lewarde

Société Rupan
2 rue du chemin vert
59490 Somain

Le 8/10/202n

Bon de commande n°447

Référence	Désignation	Quantité	PV HT
GOBJ	Gobelets	300	59,97
ASBJ	Assiettes	200	41,98
COBJ	Couverts (lots de 150)	2	28,80

Document commercial B

Société Rupan
2 rue du chemin vert
59490 Somain

Parc de loisirs des Hauts-de-France
ZI du Parc
59287 Lewarde

Le 14/10/202n

Bon de livraison n° 220 / commande n°447

Référence	Désignation	Quantité
ASBJ	Assiettes	200
GOBJ	Gobelets	300
COBJ	Couverts (lots de 150)	2

Réserves :

Date et signature

1 **Complétez** la fiche d'analyse suivante à l'aide du *doc 1*.

	Document commercial A	Document commercial B
Qui est l'expéditeur (celui qui envoie) ?		
Qui est le destinataire (celui qui reçoit) ?		
Comment se nomme ce document ?		
Qui est le fournisseur ?		
Qui est le client ?		
Quelle est la date de commande ?		
Quelle est la date de livraison ?		
Quelle est la quantité commandée pour la référence COBJ ?		
Quel est le prix d'un lot pour la référence COBJ ?		

ACTIVITÉ 2 Participer à la passation des commandes

Les documents commerciaux n'ont maintenant plus de secrets pour vous. Ce lundi 21/10/202n, Pierre Costa vous demande alors de passer seul la commande des produits du stand friterie.

2 **Complétez** le bon de commande ci-dessous à partir des informations transmises par votre responsable.

Friterie du parc

Liste des produits à commander chaque semaine, tous les lundis.

Pommes de terre bintje
- Sac de 25 kg, quantité : 4, prix unitaire : 12 € HT

Oignons jaunes catégorie 1
- Filet de 5 kg, quantité 3, prix unitaire : 7,50 € HT

Tomates rondes catégorie 1
- Cagette de 5 kg, quantité 5, prix unitaire : 11,50 € HT

Fournisseur : La ferme du Bois
Producteur de produits locaux et bio
25 rue de la Prairie 59554 BANTIGNY
06 10 20 30 40

Bon de commande

Parc de loisirs des Hauts-de-France
ZI du Parc
59287 Lewarde

....
....
....

Le .... / .... /202n

Bon de commande n° 554

Référence	Désignation	Quantité	PU HT	Montant
PBIN25				
OJAUC1				
TRONC1				
			Prix total HT	
			TVA[1] 5,5 %	
			Prix total TTC[2]	

1. La TVA est un impôt facturé directement aux clients ; son taux est de 5,5 % pour les produits alimentaires.
2. Le prix TTC (toutes taxes comprises) correspond au prix HT (hors taxes) auquel s'ajoute le montant de la TVA.

Compléter et retenir — Les documents commerciaux

Les activités entre les entreprises supposent la mise en œuvre de documents commerciaux qui attestent des échanges qu'elles ont au quotidien pour réaliser les tâches relatives à leurs activités (achats de produits, réalisation des mets, production de services aux clients...).

.... → Bon de commande → ....

← Bon de livraison et facture

.... → est envoyé au fournisseur. → Il mentionne les références et quantités commandées.

.... → récapitule les références et les quantités commandées. → Il est suivi d'une .... qui précise le montant TTC que devra régler le client.

Se tester

MOTS clés
Bon de commande • Bon de livraison

mémo audio foucherconnect.fr/23ga69

Qui suis-je ?
Retrouvez le mot qui se cache derrière chaque définition.

Définition	Je suis...
Je suis celui qui achète un bien ou une prestation.	....
Je suis le document commercial qui mentionne les références et quantités commandées.	....
Je suis celui qui reçoit la commande.	....
Je suis celui qui envoie la commande.	....
Je suis le document commercial qui mentionne le montant TTC que devra régler le client.	....
Je suis celui qui vend un bien ou une prestation.	....
Je suis le document commercial qui récapitule les références et quantités commandées.	....
Je suis un impôt facturé directement aux clients.	....

QCM interactif foucherconnect.fr/23ga70

La réception des produits

10

Objectif
- **Réceptionner** les livraisons et contrôler les stocks

Découvrir

CONTEXTE PRO

Vous êtes stagiaire au restaurant *Les Vignes*, établissement alsacien qui propose des plats typiques régionaux. Vous serez chargé de l'accueil des clients, de la réception des colis ainsi que du contrôle des produits.

VIDÉO
Réceptionner des marchandises en cuisine 1'08
foucherconnect.fr/23ga42

1 Que voyez-vous sur cette photographie ?

....

....

2 Que doit faire l'employé si l'un des colis est endommagé ?

....

....

ACTIVITÉ 1 Découvrir la procédure de contrôle de la marchandise

Le restaurant vient de recevoir une livraison de nappes traditionnelles alsaciennes. Votre responsable, Paul Muller, vous demande de contrôler la marchandise réceptionnée ce 14 octobre et vous explique en quoi va consister votre travail.

doc 1 Les contrôles qualitatif et quantitatif

Lors d'un contrôle de livraison, deux types de contrôle sont à effectuer :

- le **contrôle qualitatif**, qui consiste à vérifier que les produits commandés sont bien ceux qui ont été reçus et qu'ils ne sont pas abîmés ;
- le **contrôle quantitatif**, qui permet de s'assurer que les quantités livrées sont identiques aux quantités commandées.

1 À l'aide du *doc 1*, **cochez** dans le tableau ci-dessous le type de contrôle effectué.

Constats	Contrôle qualitatif	Contrôle quantitatif
La référence reçue ne correspond pas à la référence commandée.		
Le nombre de produits commandés n'est pas exact.		
Le produit est abîmé.		
La désignation du produit est inexacte.		
Le nombre de colis reçus et le nombre de colis commandés sont différents.		
La couleur commandée n'est pas celle qui a été reçue.		

2 **Listez** les deux documents à utiliser lors d'un contrôle de livraison.

- Le bon de ....
- Le bon de ....

ACTIVITÉ 2 Contrôler la réception

doc 2 La commande attendue

Restaurant Les Vignes
5 rue Saint-Nicolas
68 000 Colmar

Société Rupont
ZI du Parc
57 000 Metz

Le 08/10/202n

Bon de commande n° 180

Référence	Désignation	Quantité
N150B	Nappe bleue	15
N150V	Nappe verte	10
N90B	Nappe beige	10
N90O	Nappe orange	15

doc 3 Le bon de livraison joint

Société Rupont
ZI du Parc
57 000 Metz

Restaurant Les Vignes
5 rue Saint-Nicolas
68 000 Colmar

Le 14/10/202n

Bon de livraison n° 486 / commande n° 180

Référence	Désignation	Quantité
N90B	Nappe beige	15
N90O	Nappe orange	15
N120V	Nappe verte	10
N150B	Nappe bleue	10

Réserves :

Date et signature

3 À l'aide du bon de commande (*doc 2*) et du bon de livraison (*doc 3*), **contrôlez** la livraison de nappes et **surlignez** dans le bon de livraison (*doc 3*) les anomalies que vous avez repérées.

4 **Complétez** ensuite la fiche d'anomalies ci-dessous.

Livraison n° .... Date : ....

Entreprise : ....

....

Référence	Désignation	Anomalie
N90B	....	....
....	Nappe verte	....
....	....	La quantité livrée est inférieure à celle commandée : il y a 5 nappes en moins.

5 **Indiquez** ce que vous allez faire après avoir effectué le contrôle de la livraison.

....

....

6 **Expliquez** comment le fournisseur va être informé des anomalies rencontrées.

....

....

Compléter et retenir

La réception des produits

La réception des produits consiste à vérifier :

- que les produits livrés sont bien ceux qui ont été commandés et qu'ils ne sont pas .... → C'est le contrôle ....
- que le nombre de produits livrés est identique au nombre de produits .... → C'est le contrôle ....

Les documents à utiliser lors du contrôle sont :

- Le bon de ....
- Le bon de ....

Toutes les anomalies doivent être notées et signalées au .... ainsi qu'au ....

MOTS clés

Anomalie • Contrôle • Commande • Livraison

mémo audio
foucherconnect.fr/23ga43

Se tester

Retrouvez les mots ci-dessous en les entourant dans la grille (lecture verticale ou horizontale).

Anomalie
Bon
Commande
Contrôle
Livraison
Qualitatif
Quantitatif
Réserves

S	H	F	J	K	R	U	O	P	L	F
A	N	O	M	A	L	I	E	N	Z	I
C	V	Q	U	A	I	J	K	W	C	T
O	A	E	D	F	V	P	A	R	O	A
M	R	É	S	E	R	V	E	S	N	T
M	E	X	V	B	A	I	L	M	T	I
A	S	U	R	T	I	C	H	B	R	T
N	F	Z	C	I	S	L	G	K	O	N
D	H	Q	E	B	O	N	Y	T	L	A
E	K	P	S	Z	N	J	E	P	E	U
Q	U	A	L	I	T	A	T	I	F	Q

QCM interactif
foucherconnect.fr/23ga44

La gestion des stocks

11

Objectifs
- **Compléter** une fiche de stock
- **Respecter** la rotation des stocks

Découvrir

CONTEXTE PRO

Vous êtes recruté par la société Sun & Sea pour travailler dans le village vacances Les Vignes à Capbreton (40). Sun & Sea propose des séjours en clubs de vacances et des locations partout en France. Vous intégrez l'équipe de restauration pour réaliser les buffets proposés matin, midi et soir.
Pour garantir des produits frais et sains, une gestion rigoureuse des stocks est primordiale. Vous allez y participer.

Huiles, céréales, moutarde… Face à la hausse des prix, les restaurants sont confrontés à une pénurie de certains produits alimentaires.

VIDÉO
Un restaurateur appelle à l'aide… pour de la moutarde ! 1'39
foucherconnect.fr/23ga18

1 Recherchez sur Internet la définition du mot « pénurie »

....

....

2 Selon vous, quelles sont les conséquences possibles d'une pénurie pour un restaurant ?

....

....

ACTIVITÉ 1 Compléter une fiche de stock

Les entrées et les sorties d'un produit doivent être scrupuleusement enregistrées dans le stock. Cela permet d'avoir au jour le jour des chiffres justes et une vision exacte de ce qui est disponible pour l'activité de l'entreprise.
Nous sommes le 18 octobre et la livraison n° 36 de crème fraîche est arrivée.

doc 1 Une arrivée attendue

Pour faciliter nos opérations de gestion, nous utilisons le logiciel Koust. Cela nous permet de suivre nos achats, nos ventes et notre stock. Nous venons de recevoir une livraison de crème fraîche. Il s'agit de 10 briques de 1 litre de crème gastronomique. Je vais éditer la fiche pour que tu comprennes son fonctionnement, tu pourras alors la mettre à jour.

 # vidéo
Koust, le logiciel de gestion en restauration 4'46
foucherconnect.fr/23ga19

1 Complétez la fiche de stock ci-dessous en prenant en compte la dernière livraison du 18 octobre.

Koust

FICHE DE STOCK	
Produit	Crème gastronomique 35 % MG
Fournisseur	Président Professionnel
Conditionnement	Brique d'un litre
Conservation DDM 60 jours	Avant ouverture : froid positif + 10 °C maximum Après ouverture : entre +4 °C et +6 °C, à utiliser dans les 3 jours

Date	Mouvement	Entrée en stock	Sortie du stock	Stock
01/10	Stock initial			12
04/10	Bon de sortie n° 21		4	8
11/10	Livraison n° 35	10		18
11/10	Bon de sortie n° 22		6	12
18/10				

2 Indiquez deux avantages à l'utilisation d'un logiciel de gestion.

1er avantage	2e avantage

ACTIVITÉ 2 Respecter la rotation des stocks

Vous avez enregistré et rangé la nouvelle livraison dans votre stock. Il faut maintenant gérer la rotation du stock. Cette opération très importante permet d'éviter de garder les produits trop longtemps et limite ainsi les risques de ruptures ou de dépassement de date.

ALIMENTATION DURABLE

doc 2 Un principe à respecter

La rotation des stocks est primordiale. Cela nous permet de faire des économies, mais aussi de préserver la santé de nos clients.
Nous appliquons la méthode FIFO qui consiste à utiliser d'abord les produits les plus anciens de notre stock, quel que soit le type de date de conservation, DLC ou DDM.
Aujourd'hui, j'ai besoin de 10 briques de crème gastronomique. Je te demande de les sortir du stock en appliquant la méthode FIFO.

 # vidéo
Comment bien gérer ses produits entamés ? 1'55
foucherconnect.fr/ 23ga20

doc 3 Premier entré, premier sorti

La méthode **PEPS** (**P**remier **E**ntré **P**remier **S**orti) ou **FIFO** en anglais (***F**irst **I**n **F**irst **O**ut*) est une méthode fréquemment utilisée en restauration.
Elle consiste à utiliser d'abord les premiers ingrédients stockés dans les garde-manger et les réfrigérateurs. Vous utilisez donc en premier les aliments les plus anciens.
Cette méthode assure de toujours avoir des stocks d'ingrédients frais et évite le gaspillage.

 # vidéo
Gaspillage alimentaire, comment l'éviter ? 2'09
foucherconnect.fr/ 23ga21

3 **Sélectionnez** les produits à sortir du stock à l'aide d'une croix.

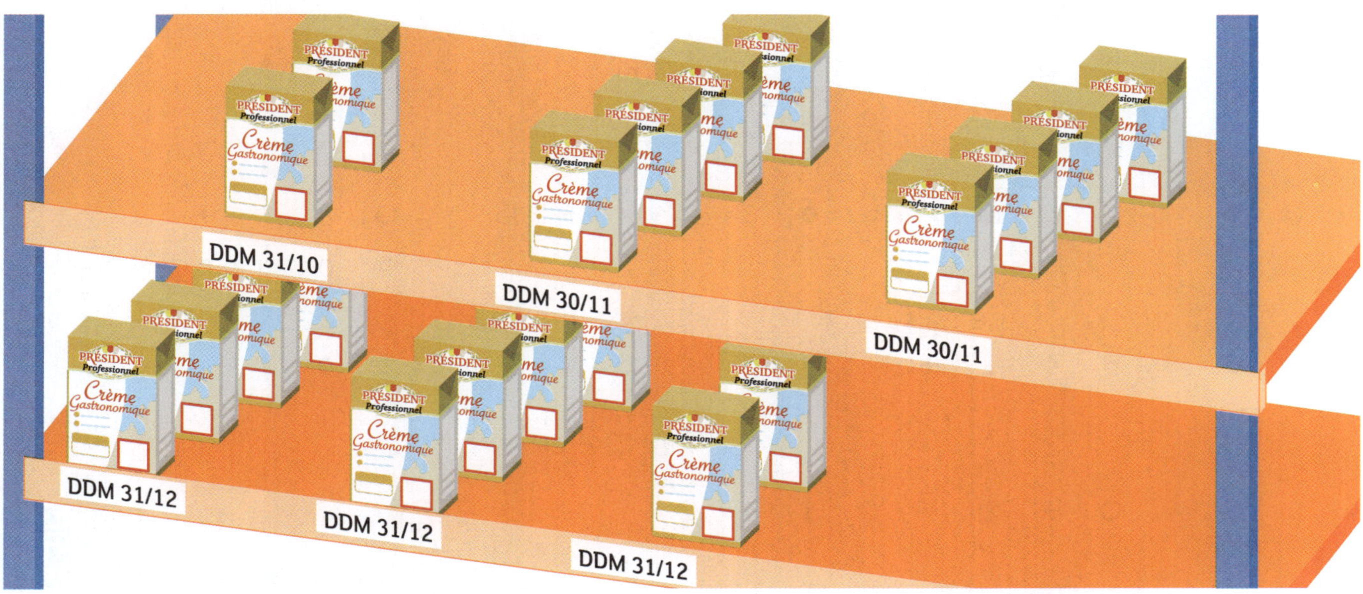

Compléter et retenir
La gestion des stocks

La gestion des stocks consiste à réaliser le suivi au jour le jour des quantités de produits disponibles dans le garde-manger ou dans les chambres froides.

ÉTAPE 1
- Enregistrer les mouvements de stock dans une ....
- Un logiciel de gestion permet de gérer les fiches de stock

→ **En ➕ = Les ....**
- Les livraisons,
- Les achats...

→ **En ➖ = Les ....**
- Utilisation pour les préparations
- Ventes
- Pertes
- Dons...

ÉTAPE 2
- Effectuer la rotation des stocks
- Utiliser la méthode .... : *First In First Out*

→ **FIRST IN**
- = Premier ....
- = Le produit le plus .... dans le stock

→ **FIRST OUT**
- = Premier ....
- = Le produit le plus ancien sort le .... du stock

MOTS clés
DDM • DLC • Fiche de stock • Rotation des stocks

 # mémo audio foucherconnect.fr/23ga22

Se tester

Décryptez le message codé ci-dessous.

♓	❄		💣	⚐	☺	❖	⌛	☹	✋		👍	⚐	☺		☺	❖	☹	★	⌖	☺
L	A		G	E	S	T	I	O	N											

⚐	☺	❖		⚐	☺	☺	⚐	✋	❖	⌛	⚐	♓	♓	⚐		❍	☹	🔔	✈
																P	O	U	R

💣	❄	✈	❄	✋	❖	⌛	✈		♓	❄		⮌	🔔	❄	♓	⌛	❖	⚐

👍	⚐	☺		❍	✈	☹	👍	🔔	⌛	❖	☺

QCM interactif foucherconnect.fr/23ga23

L'inventaire

12

Objectif
- **Participer** aux opérations d'inventaire

Découvrir

CONTEXTE PRO

Vous venez d'être recruté à l'hôtel restaurant du *Littoral*, à Giens, dans le département du Var. Vous serez l'assistant de Marie Cardot, qui organise et contrôle le personnel d'entretien des chambres. Elle a également en charge la gestion des stocks des produits.

VIDÉO

C'est quoi un inventaire ?
1'16

foucherconnect.fr/23ga48

1 Que voyez-vous sur la photographie ? Comment appelle-t-on le travail effectué par cet employé ?

2 Pourquoi est-il important de réaliser cette tâche ?

ACTIVITÉ 1 Découvrir la procédure d'inventaire

L'inventaire des produits Soins du corps doit être effectué régulièrement dans un hôtel. Marie Cardot souhaiterait vous confier cette tâche. Elle vous demande de prendre connaissance de la procédure.

doc 1 Des informations utiles sur l'inventaire

- L'inventaire consiste à compter tous les produits. Il permet de comparer le stock réel (produits de la surface de vente et des réserves) et le stock théorique (le stock affiché à l'écran de l'ordinateur).
- Si un écart existe entre le stock réel et le stock théorique, on parle de démarque : connue (erreurs de commande, de livraison, de saisie, produits abîmés, cassés) ou inconnue (vols...).

- L'inventaire a lieu au moins une fois par an. Il peut être permanent (suivi des entrées et sorties du stock tout au long de l'année) ou tournant (par périodes). L'inventaire annuel se déroule quand il n'y pas de clients.
- Les produits sont comptés de gauche à droite et de haut en bas. Le report des quantités s'effectue sur une fiche d'inventaire ou à l'aide d'un PDA (*personal digital assistant*, assistant numérique personnel), un appareil de la taille d'un smartphone qui scanne le code-barres des produits et met automatiquement à jour leur stock.

1 À l'aide des informations de votre responsable (*doc 1*), **cochez** la bonne réponse et **justifiez** votre choix en cas de réponse fausse.

L'inventaire...	Vrai	Faux	Justifications
...n'est pas obligatoire.			
...permet de déterminer la démarque inconnue.			
...précise les quantités détenues par l'entreprise pour chaque produit.			
...a lieu au moins une fois par an.			
...suppose l'utilisation du bon de commande pour reporter les quantités.			
...ne peut pas être réalisé plusieurs fois par an.			
...détermine le stock théorique.			
...est réalisé même si la surface de vente n'est pas rangée.			

ACTIVITÉ 2 Réaliser l'inventaire

Maintenant que vous avez découvert ce qu'était un inventaire et comment il se déroulait, votre responsable vous propose de réaliser l'inventaire des produits Soins du corps rangés dans la réserve.

2 **Complétez** la fiche d'inventaire ci-dessous en indiquant le stock en réserve de chaque produit.

Produits	Désignation	Stock en réserve
	Huile de douche	....
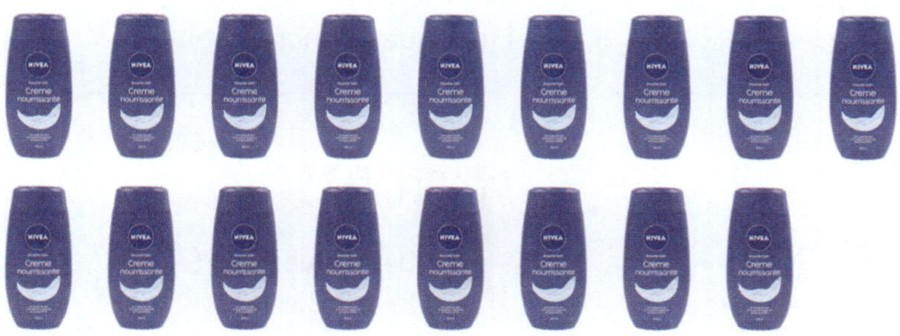	Gel douche	....
	Shampoing	....

3 Pour chaque produit, **comparez** le stock réel et le stock théorique enregistré sur le logiciel de gestion des stocks de l'entreprise.

Produits	Stock réel	Stock théorique	Écart	Constat
Huile de douche	....	24	3	....
Gel douche	....	16	1	....
Shampoing	....	20	0	....

4 **Indiquez** les raisons qui peuvent expliquer un écart entre le stock théorique et le stock réel.

- Huile de douche : ....
- Gel douche : ....

Compléter et retenir

L'inventaire

Qu'est ce qu'un inventaire ?

- L'inventaire consiste à .... et à comparer le stock théorique et le stock réel.
- Il est réalisé au moins .... fois par an.
- L'inventaire peut être :
  - .... (suivi des entrées et sorties du stock tout au long de l'année) ;
  - ou .... (par périodes).

Comment se déroule un inventaire ?

- Le comptage des produits s'effectue de .... et de haut en bas.
- Le report des quantités s'effectue sur une fiche d'inventaire ou à l'aide d'un ....
- Si un .... existe entre le stock réel et le stock théorique, on parle de .... (connue ou inconnue).

MOTS clés

Démarque • Écart • Inventaire • PDA

 # mémo audio

foucherconnect.fr/23ga49

Se tester

Complétez la grille de mots croisés.

Horizontalement

1. Opération qui doit s'effectuer au moins une fois par an.
2. Se dit d'un inventaire qui se déroule par périodes.
3. Permet de connaître précisément le nombre de produits.

Verticalement

A. Il s'agit du stock présent dans la surface de vente et les réserves.
B. Inventaire qui s'effectue tout au long de l'année.
C. On en parle quand il y a une différence entre le stock théorique et le stock réel.
D. Stock affiché sur l'ordinateur.

QCM interactif

foucherconnect.fr/23ga50

La fiche technique, les coûts et les prix

13

Objectif
- **Collecter** les informations et ordonnancer ses activités dans le respect des consignes et du temps imparti

Découvrir

CONTEXTE PRO

Vous travaillez comme stagiaire au sein de *La Poissonnerie Gourmande* à Boulogne-sur-Mer (62). Créé en 2020 par Karine et Valery Hallenne, ce concept novateur réunit sous le même toit une poissonnerie, un traiteur et un bar à huîtres. Les clients peuvent acheter des produits bruts, des produits transformés à emporter ou choisir de les consommer sur place.

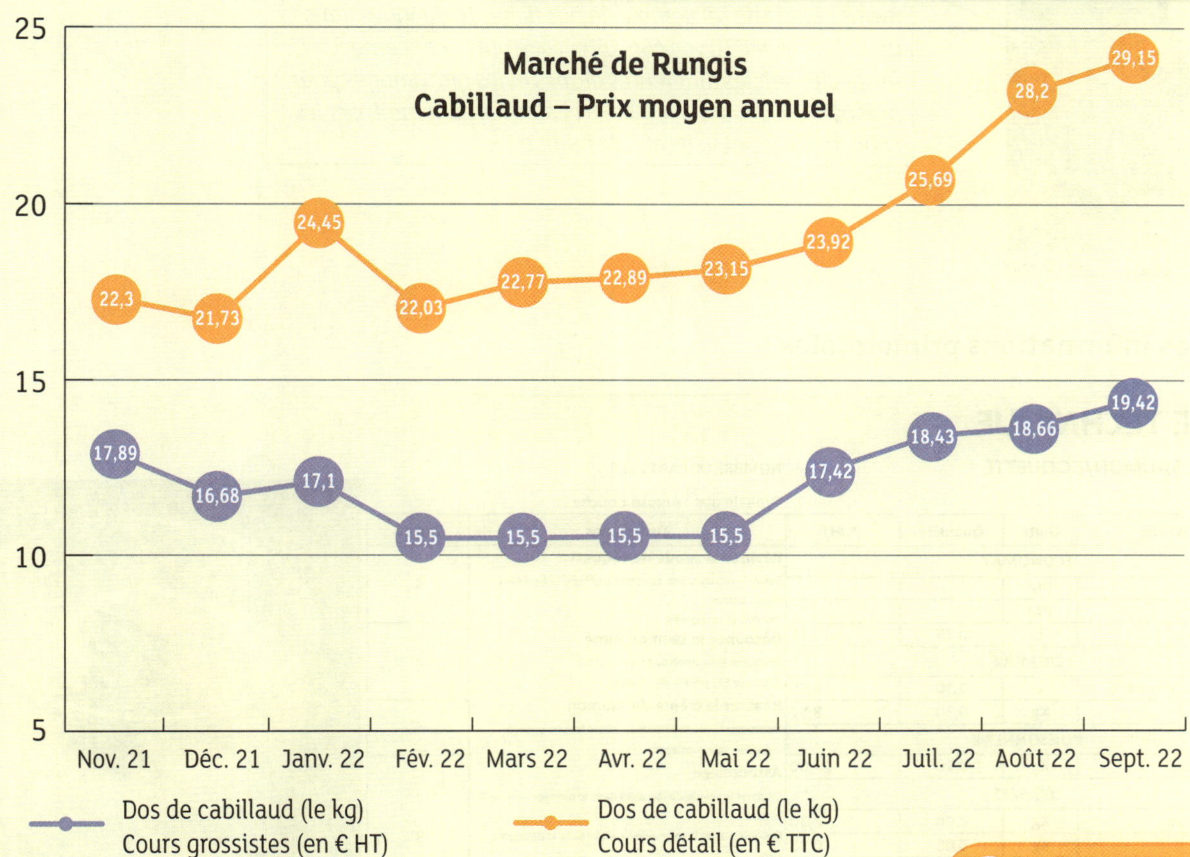

VIDÉO
Le poisson voit son prix grimper
3'11
foucherconnect.fr/23ga31

1 À quoi correspond la différence de prix entre les deux courbes ?

2 Comment le prix de ce poisson évolue-t-il ? Pour quelles raisons ?

ACTIVITÉ 1 Repérer l'intérêt d'une fiche technique

Dans le rayon traiteur, la présence régulière et la qualité des produits proposés à la vente sont primordiales. Pour atteindre ces objectifs, vous devez suivre les recommandations des fiches techniques mises à disposition des employés et qui récapitulent l'ensemble des ingrédients, leur quantité ainsi que les étapes à suivre pour l'élaboration d'un plat.

doc 1 Une commande à honorer

Nous devons réapprovisionner la vitrine traiteur. Tu vas t'occuper de la réalisation de 10 verrines au saumon. Nous avons répertorié l'ensemble de nos fiches techniques dans un fichier Excel. Tu vas consulter celle qui te concerne. Respecte bien les différentes étapes et les grammages pour proposer des produits réguliers et surtout pour maîtriser les coûts matières et le temps de fabrication.

doc 2 Des informations primordiales

1	**FICHE TECHNIQUE**					
2	**VERRINE SAUMON/ROQUETTE**				NOMBRE DE PARTS : 10	
3					Type de plat : Amuse-bouche	
4	**DENRÉES**	**Unité**	**Quantité**	**PUHT**	**Techniques**	**Durée**
5	**ÉCONOMAT**				**Réaliser la salade de roquette**	
6	Sel fin	PM			Battre le mascarpone avec une cuillère d'huile d'olive - saler - poivrer	4'
7	Poivre	PM			Incorporer la roquette	
8	Huile d'olive	L	0,15	10,31	**Découper le saumon fumé**	
9	**CRÈMERIE**				Découper le saumon fumé en lanières	4'
10	Crème fraiche entière	L	0,30	4,75	Réserver 1/3 pour la décoration	
11	Mascarpone	Kg	0,30	8,52	**Réaliser la crème de saumon**	
12	**POISSONNERIE**				Incorporer le saumon dans la crème fraîche entière montée - saler - poivrer	4'
13	Saumon fumé	Kg	0,20	27,00	**Assemblage**	
14	**LÉGUMES**				Déposer la salade de roquette dans le premier tiers de la verrine	
15	Tomate cerise	Kg	0,08	2,30	Continuer avec la crème de saumon dans le deuxième tiers	3'
16	Persil	Kg	0,05	0,83	Décorer le dessus de la verrine avec le saumon réservé - une demie tomate cerise - un brin de persil	
17	Roquette	Kg	0,20	5,20		
19	**Matériel de préparation**				**Matériel de dressage - Fournitures**	
20	Planche à découper - couteau d'office - couteau de chef - 2 culs de poule				Grande verrine - 0,95 € /l'unité	

1 Dressez la liste des avantages à utiliser une fiche technique.

Avantage n°1	
Avantage n°2	
Avantage n°3	
Avantage n°4	
Avantage n°5	

ACTIVITÉ 2 Calculer un coût de revient

Pour déterminer le prix de vente d'un produit ou d'un service, il faut d'abord calculer le coût de revient, c'est-à-dire l'ensemble des dépenses engagées par l'entreprise pour produire ce bien ou ce service, à partir du coût d'achat du ou des produits de base, appelé aussi coût matière. Ce coût de revient servira alors de base pour déterminer le prix de vente du produit.

doc 3 Des définitions nécessaires

Pour calculer le coût de revient d'un plat, il faut additionner l'ensemble des coûts, qu'ils soient directs ou indirects.

Coût de revient = Coûts directs + Coûts indirects

Coûts directs = coûts de production

- Coût matière (les coûts d'achat des matières premières) ;
- et les coûts du personnel de cuisine nécessaire à la production...

Coûts indirects = coûts de fonctionnement

- Location éventuelle de matériel ;
- consommation d'énergie, d'eau... ;
- et coût de distribution (personnel de salle ou de vente, fournitures éventuelles...).

doc 4 Une aide appréciée

Tu trouveras tous les prix des denrées dans notre mercuriale. C'est un document qui regroupe l'ensemble des produits que nous utilisons. Il précise les prix, les fournisseurs... Là encore, nous avons choisi un format numérique sur Excel. C'est plus pratique et ça permet des mises à jour plus rapides, notamment en cas de changements de tarifs. Ce fichier est relié aux fiches techniques, ce qui permet des mises à jour automatiques.

doc 5 Des tarifs à jour

1	MERCURIALE					
2						
3	Référence	Désignation Produit	Famille	Unité de vente	PU HT en €	Fournisseur
4	EC-28	Huile d'olive	Économat	L	10,31	Métro
5	CR-2	Crème fraîche entière	Crèmerie	L	4,75	Métro
6	CR-18	Mascarpone	Crèmerie	Kg	8,52	Métro
7	P-S-12	Saumon fumé	Poissonnerie	Kg	27,00	Salaisons Corrue
8	FL -18	Tomate cerise	Fruits et Légumes	Kg	2,30	SARL BRODBECK
9	FL-11	Persil	Fruits et Légumes	Kg	0,83	SARL BRODBECK
10	FL-36	Roquette	Fruits et Légumes	Kg	5,20	SARL BRODBECK

2 **Calculez** dans le tableau ci-dessous les coûts directs et indirects de 10 verrines.

3 **Calculez** ensuite le coût de revient de 10 verrines.

4 **Déduisez-en** le coût de revient d'une seule verrine.

Coûts directs 10 verrines					
	Denrée	**Quantité**	**PU HT**	**Détail des calculs**	**Montant**
Les coûts matière	Coût de personnel	15 minutes	11,27 /heure	11,27/4	2,82
	Huile d'olive	0,15	10,31	0,15 x 10,31	1,55
	Crème fraîche entière	0,30	4,75	0,30 x 4,75	1,43
	Mascarpone				
	Saumon fumé				
	Tomate cerise				
	Persil				
	Roquette				
	Grande verrine				
				Coût matière pour 10 verrines	
				Coût matière pour 1 verrine	
Coûts indirects 10 verrines					
Estimation eau et énergie					0,73
Coûts de distribution					1,18
				Total	
Coût de revient 10 verrines	**Détail des calculs**				**Montant**
Coût de revient 1 verrine	**Détail des calculs**				**Montant**

ACTIVITÉ 3 Déterminer le prix de vente

Maintenant que nous connaissons les coûts, il va falloir déterminer le prix de vente à afficher dans la vitrine traiteur. Il faut prendre en compte plusieurs autres éléments, notamment notre marge et la TVA que nous devons appliquer.

Pour déterminer le prix de vente public, nous utilisons un coefficient multiplicateur de 2, c'est plus rapide et plus simple. Il te suffit juste de multiplier ton coût matière par le coefficient multiplicateur et tu obtiens directement le prix de vente TTC (toutes taxes comprises). Ce prix comprend donc les coûts, notre marge ainsi que la TVA qui est une taxe à reverser à l'État.
Par commodité, nous choisissons d'afficher des prix « ronds ». C'est plus lisible pour le client et cela facilite le rendu monnaie en cas de paiement en espèces.

5 **Calculez** le prix de vente public (PV TTC) d'une verrine au saumon.

Calcul détaillé :

....

Prix de vente public à afficher (PV TTC) :

....

6 **Complétez** sur la photographie ci-contre l'affichage du prix en vitrine.

doc 6 Une réglementation précise

Le taux réduit de TVA dans la restauration

Les ventes réalisées dans les cafés et restaurants sont, selon les cas, soumises aux différents taux réduits de la taxe sur la valeur ajoutée (TVA) de 5,5 % ou 10 %.

➜ Prestation de traiteur

- Les ventes à emporter de plats cuisinés sont soumises au taux réduit de 5,5 %.
- Le taux de 20 % s'applique toutefois aux boissons alcooliques, confiseries, produits composés contenant du chocolat, margarines et au caviar.
- Lorsque le traiteur réalise des ventes à consommer sur place, sa prestation est soumise au taux réduit de 10 %.

entreprendre.service-public.fr

7 À l'aide du *doc 6*, **cochez** la TVA à appliquer à chacune des deux situations ci-dessous.

Situation 1

Cette cliente travaille dans une entreprise voisine. Elle vient pendant sa pause déjeuner, commande plusieurs produits et s'installe sur un mange-debout à côté de la vitrine traiteur.

TVA à appliquer : ☐ 5,5 % ☐ 10 %

Situation 2

Ce client organise un anniversaire dimanche avec sa famille. Il a commandé une vingtaine de verrines et vient les récupérer pour les emporter chez lui.

TVA à appliquer : ☐ 5,5 % ☐ 10 %

Compléter et retenir

La fiche technique, les coûts et les prix

La fiche technique est un document qui regroupe les informations techniques liées à un plat : ingrédients, durée pour le réaliser, matériels nécessaires, techniques et procédures à suivre...
La fiche technique permet notamment de déterminer les coûts liés à un produit ou un service.

COÛTS DIRECTS

Coûts matière

Coûts personnel de cuisine

+

COÛTS INDIRECTS

Coûts de fonctionnement

Coûts de distribution

=

COÛTS DE REVIENT

Le coût de revient sert de base pour déterminer le prix de vente, qui correspond au prix payé par le client.

Coûts matière + **Marge** + **TVA** = **PV TTC**

Coûts matière × **Coefficient multiplicateur** = **PV TTC**

La TVA (taxe sur la valeur ajoutée) est un impôt sur la consommation. Dans le domaine de la restauration, il existe deux taux principaux.

10 % Produit vendu pour une consommation immédiate, sur place.

5,5 % Produit vendu pour une consommation différée, à emporter.

MOTS clés

Fiche technique • Prix de revient • Prix de vente

mémo audio foucherconnect.fr/23ga32

Se tester

Complétez la grille de mots croisés.

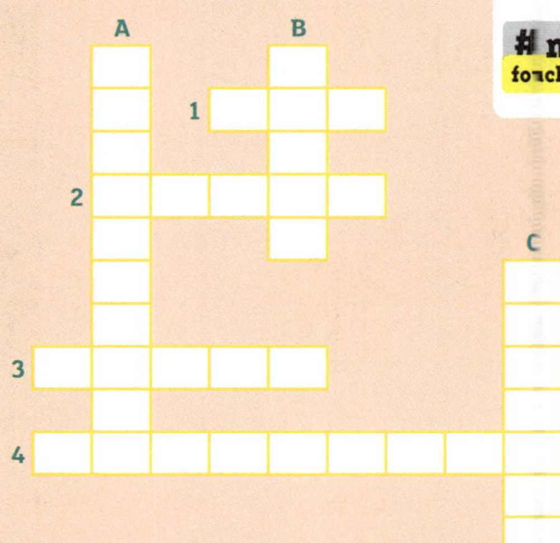

Horizontalement

1. Taxe sur la valeur ajoutée.
2. Ensemble des dépenses supportées par l'entreprise pour produire un bien ou offrir un service.
3. Somme gagnée par l'entreprise sur les produits ou services vendus.
4. Nom donné à la fiche qui explique le processus de production d'un plat.

Verticalement

A. Document qui rassemble l'ensemble des tarifs.
B. Abréviation qui correspond au prix payé par le client.
C. Coût qui correspond à la somme des coûts directs et indirects.

QCM interactif foucherconnect.fr/23ga33

La gestion des différents types de clients

14

Objectifs
- **Identifier** les différents types de clients
- **Répondre** aux besoins et aux nouvelles attentes des clients
- **Identifier** les tendances de consommation

Découvrir

CONTEXTE PRO

Vous êtes employé depuis peu dans le restaurant *Ô Prestige*, hôtel et restaurant gastronomique trois étoiles situé à Baugé (Maine-et-Loire). Situé dans un quartier historique, cet établissement reçoit une clientèle très variée, nationale et internationale. Afin de satisfaire les demandes de tous les clients, vous vous efforcez de connaître leurs habitudes et leurs attentes.

VIDÉO

Bienvenue à l'hôtel-restaurant *Ô Prestige* 1'00

foucherconnect.fr/23ga65

1 Quelles sont les cibles de clients potentiels du restaurant selon l'illustration ci-dessus ?

2 Pourquoi un établissement cherche-t-il à diversifier son offre et à attirer une nouvelle clientèle ?

ACTIVITÉ 1 Identifier les différents types de clients et leurs attentes

Le restaurant Ô *Prestige* reçoit une clientèle très variée. Les gérants vous expliquent qu'il est essentiel d'identifier les différents types de clients afin d'adapter le service et l'accueil à chaque catégorie d'entre eux.

1 **Reliez** chaque situation d'accueil à la typologie de clients concernée.

Situation d'accueil client

We are from Scotland and we like french gastronomy.

Je suis Mme Jalabert, j'habite la ville et j'apprécie de venir chaque semaine découvrir le nouveau plat du chef.

Nous travaillons à côté du restaurant et nous avons l'habitude de venir pour des déjeuners d'affaires, mais nous avons en général peu de temps pour déjeuner.

Avec mon épouse et mes enfants, nous fréquentons régulièrement le restaurant le week-end ou le soir.

Nous sommes originaires de Bretagne et nous cherchons, lors de nos escapades, à déguster des spécialités régionales.

Typologie de clients

❶ La clientèle d'habitués

❷ La clientèle d'affaires

❸ Les touristes étrangers

❹ Les touristes français

❺ La clientèle familiale

2 **Associez** à chaque attitude de serveur décrite ci-dessous le numéro de typologie de clients qui lui revient.

Attitude du serveur	Soigner l'accueil de cette clientèle, proposer des formules rapides, assurer un service efficace et remettre une note de frais.	Assurer un accueil convivial, proposer des menus enfants et un service adapté aux familles.	Assurer un accueil convivial, communiquer en langue étrangère (anglais), prévoir des menus en anglais et un service adapté aux habitudes d'une clientèle étrangère.	Assurer un accueil convivial et mettre en avant les produits locaux.	Accueillir le client de façon personnalisée et chaleureuse, avoir en tête les habitudes et préférences du client.
N° typologie de clients	❷				

ACTIVITÉ 2 Répondre aux nouvelles attentes de consommation

ALIMENTATION DURABLE

doc 1 Les nouvelles tendances chez les Français

Afin de rester en phase avec les nouveaux modes de consommation des clients, les restaurants doivent se réinventer face à des consommateurs qui ont de nouvelles exigences. L'écologie ainsi que la consommation éthique et responsable sont de plus en plus au cœur des préoccupations.

Les consommateurs ont ainsi des attentes de plus en plus élevées quant à la qualité et à l'origine de leurs produits.

- 3 % des Français se déclarent vegan et 15 % consomment régulièrement sans gluten ou sans lactose.
- 36 % des Français déclarent manger sain et pratiquer une activité physique régulière.
- 80 % déclarent faire attention à ce qu'ils mangent à certains repas.
- 73 % d'entre eux consomment des produits faits maison.

3 **Surlignez** dans le *doc 1* les nouvelles tendances de consommation alimentaire.

4 **Cochez** dans le tableau les situations associées à une consommation responsable.

	Consommation responsable
Utiliser du papier recyclé.	
Privilégier les produits « circuits courts ».	
Privilégier les fruits et légumes provenant de l'étranger en raison de leur prix plus faible.	
Utilisation de fruits et légumes de saison.	
Utiliser surtout des produits transformés pour limiter les coûts.	
Proposer un « doggy bag » pour le reste des repas.	

5 **Imaginez** en petits groupes le profil type des clients de chacun des nouveaux concepts de restauration décrits dans le tableau ci-dessous.

Nouveaux concepts	Profil type des clients
Les dark kitchens : des restaurants sans salle qui ne comptent qu'une cuisine, les plats étant uniquement destinés à la livraison ou à la vente à emporter.	
Les food-courts : des espaces qui hébergent plusieurs restaurants regroupés et qui proposent des spécialités variées.	
Les fast-good : un concept de consommation éthique et responsable qui propose une alternative saine à la restauration rapide. Une restauration gastronomique et rapide à la fois.	
Les restaurants sans contact : le monde de la restauration a été grandement bouleversé par l'accélération de la digitalisation : click and collect, menus digitaux, bornes de commandes...	

Compléter et retenir La gestion des différents types de clients

Il est nécessaire d'identifier le profil (la typologie) de chaque catégorie de clients qui fréquentent l'établissement afin de leur apporter des réponses adaptées et de les satisfaire.

- **Clientèle** ……………… → Clients qui cherchent à découvrir les spécialités françaises : il faut prêter attention à leurs modes de consommation alimentaire.
- **Clientèle** ……………… → Clientèle qui travaille à proximité et fréquente l'établissement sur son temps de pause-déjeuner. Ces clients cherchent souvent un service rapide.
- **Clientèle** ……………… → Clientèle avec enfants qui recherche un service adapté aux enfants.
- **Touristes** ……………… → Clientèle provenant d'autres régions de France, qui cherche souvent à déguster des produits régionaux typiques durant ses escapades.
- **Clientèle** ……………… → Clients assez fidèles qui recherchent un service personnalisé. Ils apprécient qu'on les reconnaisse, qu'on prenne en compte leurs habitudes et leurs préférences.

De nouveaux modes de consommation

- ………………
- ………………
- ………………
- La consommation éthique (vegan...)

De nouveaux concepts de restauration

- ………………
- Dark kitchen
- ………………
- ………………

MOTS clés

Clientèle • Modes de consommation

mémo audio foucherconnect.fr/23ga66

Se tester

Complétez la grille de mots croisés.

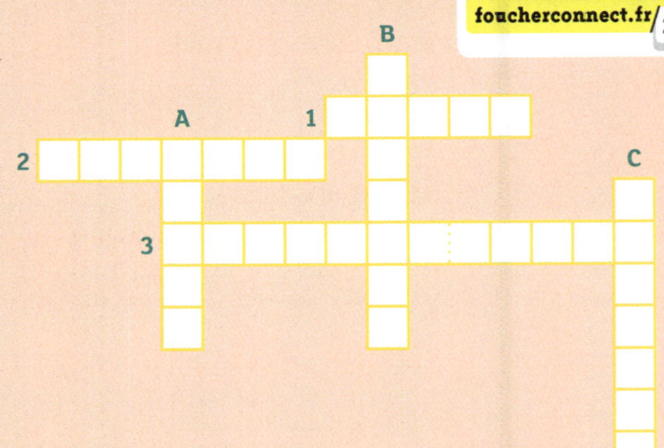

Horizontalement

1. Qui exclut tout produit d'origine animale de son alimentation.
2. Mode de vie sain à travers une alimentation équilibrée et la pratique du sport.
3. Chemin le plus court parcouru par un produit entre le producteur et le consommateur.

Verticalement

A. Produit provenant d'une zone géographique à distance raisonnable (régional).
B. Exigences exprimées par le client et auxquelles le serveur doit répondre.
C. Mode de consommation responsable qui prend en compte le développement durable et la préservation de la santé.

QCM interactif foucherconnect.fr/23ga67

La relation client

15

Objectifs
- **Définir** la notion de relation client
- **Découvrir** les principales formes dans la relation client

Découvrir

CONTEXTE PRO

McDonald's, la célèbre enseigne américaine de restauration rapide, place la relation avec ses clients au cœur de son métier. La concurrence étant très forte sur ce secteur, il est nécessaire d'avoir des équipiers particulièrement à l'écoute de la clientèle pour répondre au mieux à ses besoins.
Élève en CAP, vous envisagez de postuler dans le McDonald's le plus proche de votre domicile.

VIDÉO
Dans les coulisses d'un fast-food
2'51
foucherconnect.fr/23ga04

1 Que voyez-vous sur cette image ?

....

....

2 Quels sont les moyens de passer une commande chez McDonald's ?

....

....

Agir

ACTIVITÉ 1 Définir la notion de relation client

Avant de proposer votre candidature chez McDonald's, vous souhaitez connaître les attendus de l'enseigne en ce qui concerne la relation client, et ainsi pouvoir travailler personnellement sur ce qui vous sera demandé lors de votre prochain entretien.

doc 1 Une définition à connaître

La relation client est l'ensemble des échanges entre une entreprise ou une marque et son public. Cette relation passe par du visuel (la vue), de l'audio (le son) ou de l'audiovisuel (la vue et le son). L'entreprise peut alors utiliser tous les modes de communication existants (messages électroniques, réseaux sociaux, téléphone, flyers...).
Dans une entreprise, la gestion de la relation avec les clients (et les futurs clients) n'est pas réservée aux centres d'appels ou au service client. Le marketing ou le service commercial sont également concernés. C'est l'affaire de tous les services et de tous les collaborateurs au sein d'une entreprise.

1 **Surlignez** en jaune dans le *doc 1* ce qui définit la relation client.

2 **Soulignez** en rouge les personnes intervenant dans la relation client.

doc 2 Un accueil bien singulier

Diego, 28 ans, rentre de son travail et s'arrête au drive du restaurant *Cheap and smile* (un concurrent de McDonald's) situé à côté de chez lui. Sans même lui dire bonjour, une employée au premier guichet lui demande sèchement d'avancer au second guichet.

Arrivé au second guichet, un deuxième employé, sans regarder Diego, commence à lui dire : « Ouais... qu'est-ce qu'il vous faut? »
Une fois la commande passée, la troisième interlocutrice accueille Diego avec un large sourire et lui tend sa commande en ajoutant « Bonsoir, voici votre commande. Je vous souhaite une bonne soirée, au revoir et à bientôt chez Cheap and smile ».

3 **Évaluez** dans le tableau ci-dessous la qualité de l'accueil de chaque employé.
Indiquez ensuite les raisons qui vous font penser que l'accueil est réussi ou non.

	Qualité de l'accueil	Justifications
Employée 1 (premier guichet)	Positif ☐ Négatif ☐	....
Employé 2 (deuxième guichet)	Positif ☐ Négatif ☐	....
Employée 3 (réception de la commande)	Positif ☐ Négatif ☐	....

4 **Expliquez** pourquoi une entreprise doit entretenir de bonnes relations avec ses clients.

....

....

....

ACTIVITÉ 2 Découvrir les principales formes de la relation client

doc 3 L'art d'entrer en relation avec le client

Le face à face	Moyen de communication à distance idéal pour les personnes qui ne souhaitent pas être en face à face. Les réponses ne sont cependant pas instantanées et peuvent prendre parfois des jours.
Le téléphone	Relation clientèle classique où la communication verbale et non verbale sont toutes les deux très importantes.
Le message électronique (ou courriel)	Canal de communication écrit, très rapide et présent sur la plupart des sites internet des entreprises.
Le chat en ligne	Communication où les interlocuteurs ne se voient pas mais s'entendent parfaitement.
Les réseaux sociaux	Moyen de communication plus récent, utilisé par de nombreux influenceurs pour atteindre leurs cibles.

5 **Reliez** dans le *doc 3* chaque forme de la relation client à sa définition.

6 **Choisissez** dans le *doc 3* une forme de relation client, puis **expliquez** ses avantages et ses inconvénients pour une entreprise. Vous pouvez réaliser ce travail avec un ou plusieurs camarades.

Mode de communication avec le client		Avantages	Inconvénients
Le face à face			
Le téléphone			
Le message électonique (ou courriel)			
Le chat en ligne			
Les réseaux sociaux			

Compléter et retenir — La relation client

La relation client est l'ensemble des échanges :

entre → .... ou une marque

et ....

grâce à → des moyens de ....

Une bonne relation avec le client permet de :

- donner une ....
- favoriser ....

Les principales formes de relation client sont :

- ....
- Le face-à-face
- ....
- ....
- Le chat en ligne

MOTS clés

Relation client • Canaux de communication • Communication verbale/non verbale

mémo audio foucherconnect.fr/23ga05

Se tester

Identifiez l'intrus parmi les propositions suivantes en le barrant.

1. Quelle attitude faut-il bannir dans la relation client en face-à-face ?

Dire bonjour | Sourire | Écouter le client | Soupirer en regardant son téléphone portable | Dire au revoir

2. Que faut-il absolument éviter dans la relation client par courrier électronique ?

Les formules de politesse | La signature | Les fautes d'orthographe | La ponctuation

3. Quel comportement faut-il s'interdire dans la relation client par téléphone ?

Dire bonjour | Utiliser des mots simples | Être poli | Parler en même temps que le client

QCM interactif foucherconnect.fr/23ga06

Les différentes étapes de la vente

16

Objectifs
- **Connaître** les différentes étapes de la vente
- **Comprendre** la liaison entre les étapes

Découvrir

CONTEXTE PRO

Buffalo Grill est une chaîne de restauration française spécialisée dans les grillades de viande. Ses restaurants proposent des décors inspirés par l'Amérique et le Far West.
En tant que nouveau collaborateur dans le restaurant situé près de votre domicile, vous êtes chargé de découvrir les étapes d'une vente au sein de cette enseigne.

VIDÉO
Présentation de Buffalo Grill
4'34
foucherconnect.fr/23ga07

1 Quelle est, d'après la photographie et la vidéo ci-contre, la particularité de ce restaurant ?

2 Quelle est la première chose qui est servie à votre table avant même de passer votre commande ? (Vous pouvez vous aider de la vidéo de présentation de Buffalo Grill).

ACTIVITÉ 1 Analyser une prestation de vente chez Buffalo Grill

Pour découvrir les différentes étapes d'une vente dans un restaurant, vous interrogez la directrice du Buffalo Grill de Caen, en Normandie.

doc 1 Entretien avec Mme Dupuis, directrice du Buffalo Grill de Caen (Calvados)

Vous : Bonjour madame Dupuis. Dans votre établissement Buffalo Grill, existe-t-il des rituels ou des étapes lors de vos échanges avec la clientèle ?

Mme Dupuis : Bonjour. Absolument, il existe des étapes obligatoires et systématiques lors de nos échanges avec nos clients. Tout d'abord, nous les accueillons dès l'entrée et nous les dirigeons vers leur table.

Dans un deuxième temps, nous leur apportons une salade d'accueil et prenons la commande. Cela nous permet de répondre à toutes leurs questions (accompagnements possibles, mode de cuisson souhaité...) et parfois à leurs inquiétudes (présence d'allergènes, plats épicés...). Nous validons alors la commande correspondant aux souhaits de nos clients.

Ensuite, nous apportons les plats à table en nous assurant, tout au long du repas, que tout est mis en œuvre pour que les clients passent un moment le plus convivial possible.

Lorsqu'ils ont terminé leur repas, nous apportons, souvent à leur demande, la note afin de procéder à l'encaissement.

Enfin, lorsqu'ils quittent le restaurant, nous nous assurons que tout s'est bien passé et que nous avons répondu à leurs attentes. Nous clôturons ainsi la relation avec nos clients par une formule de politesse en espérant les revoir très prochainement.

1 **Relevez** dans le tableau ci-dessous les différentes étapes mises en œuvre pour prendre en charge un client chez Buffalo Grill.

Étape 1	
Étape 2	
Étape 3	
Étape 4	
Étape 5	
Étape 6	
Étape 7	

ACTIVITÉ 2 Identifier les étapes d'une vente classique

Vous vous rendez ensuite dans un magasin de jeux vidéo pour découvrir les étapes d'une vente dans un commerce.

2 **Lisez** par groupe de deux le dialogue ci-dessous en choisissant l'un des deux personnages.

doc 2 Du côté d'une boutique de jeux vidéo

1. Vendeur : Bonjour madame, comment puis-je vous renseigner ?
2. Cliente : Bonjour, je souhaite acheter une console pour l'anniversaire de mon petit-fils.
3. Vendeur : Très bien, connaissez-vous un peu ses goûts ?
4. Cliente : Oui, il m'a parlé de la dernière « Xbox » blanche.
5. Vendeur : Parfait, quel âge a-t-il ?
6. Cliente : Il a 16 ans.
7. Vendeur : Savez-vous s'il joue en ligne, c'est-à-dire sur Internet ?
8. Cliente : Oui, absolument, il joue avec un casque.
9. Vendeur : Quels types de jeux aime-t-il ?
10. Cliente : Il adore les jeux de guerre.

11. Vendeur (en présentant le produit à sa cliente) : Très bien. Selon ce que vous m'avez indiqué, voici le produit qui pourrait vous convenir : il s'agit de la Xbox série X. Grâce à sa nouvelle technologie, cette console est idéale pour jouer à plusieurs à la maison ou en ligne. De plus, la qualité d'image est optimale. Il sera ravi ! Cette console est proposée au prix de 499 euros avec 2 manettes et un jeu, il s'agit de la promotion du moment.
12. Cliente (en fronçant les sourcils en regardant l'étiquette du prix) : 500 euros, c'est un peu cher...
13. Vendeur : Vous avez raison, 499 euros, c'est une somme importante. Toutefois, c'est une console de très bonne qualité et il pourra la conserver plusieurs années.
14. Cliente : Y a-t-il possibilité d'obtenir une remise ?
15. Vendeur : Malheureusement il s'agit d'un très beau produit qui bénéficie déjà de l'offre du moment, par conséquent je ne peux pas appliquer de remise supplémentaire. Mais si vous souscrivez à la carte de fidélité gratuite, vous bénéficierez de remises sur vos prochains achats.
16. Cliente : Après tout, c'est vrai qu'elle va beaucoup lui plaire... Je vais finalement la prendre !
17. Vendeur : Très bien, cela va lui faire très plaisir. Je vais vous accompagner à la caisse.

Après l'encaissement

18. Vendeur : Voilà votre console, madame. Merci pour votre achat et à très bientôt.
19. Cliente : Merci pour vos conseils. Au revoir !

3 **Identifiez** dans le *doc 2* les différentes étapes d'une vente classique.
Reportez ensuite le numéro des lignes concernées dans le tableau.

	Étapes de la vente	Lignes du dialogue concernées
1	L'accueil	Ligne 1
2	La recherche des besoins	....
3	La présentation du produit et du prix	....
4	L'argumentation	....
5	La réponse aux objections	....
6	La conclusion	....
7	La prise de congé	....

 # pdf
Grille d'évaluation d'une prestation de vente
foucherconnect.fr/23ga08

4 **Préparez** par groupes de deux un dialogue qui reprenne les sept étapes d'une vente en le situant dans un contexte en lien avec votre futur métier. Vous pourrez vous aider de la grille disponible en téléchargement ci-dessus. Vous simulerez ensuite ce dialogue en classe.

Compléter et retenir

Les différentes étapes de la vente

Que ce soit dans le secteur de l'hôtellerie restauration ou dans le secteur commercial, la vente de biens ou de services passe par sept étapes incontournables et bien identifiées.

1. ....
Accueillir et prendre contact avec le client.

2. ....
Questionner et écouter le client pour identifier et comprendre ses besoins.

3. ....
Présenter le produit en répondant aux attentes du client et en indiquant le tarif.

4. ....
Présenter les avantages du produit et/ou du service.

5. ....
Répondre aux inquiétudes ou aux doutes du client.

6. ....
Conclure la vente en amenant le client à acheter, par exemple à l'aide d'une formule de ce type : « Vous prendrez donc celui-ci ? »

7. ....
Saluer le client et prendre congé avec une formule de politesse.

MOTS clés

Argumentation • Objections • Négociation

 # mémo audio
foucherconnect.fr/23ga09

Se tester

Répondez par vrai ou faux aux affirmations suivantes.

	Vrai	Faux
Il est nécessaire de bien accueillir son client, grâce notamment à un sourire et à un regard franc.	☐	☐
La phase de découverte du client permet d'identifier précisément ses besoins.	☐	☐
Pour argumenter, il est nécessaire de donner ses goûts personnels pour convaincre le client.	☐	☐
Lorsque l'on répond aux objections, il ne faut surtout pas lever les yeux au ciel en soupirant.	☐	☐
Lorsqu'il y a du monde qui attend derrière le client, on peut tout à fait conclure une vente plus rapidement.	☐	☐

QCM interactif
foucherconnect.fr/23ga10

L'accueil et la prise en charge du client

17

Objectifs
- **Accueillir**
- **Participer** à la prise en charge du client, du premier contact à la prise de congé

Découvrir

CONTEXTE PRO

Après avoir obtenu votre diplôme, vous démarrez une activité professionnelle en tant que réceptionniste à l'hôtel *Le Normandy*, hôtel 5 étoiles situé à Deauville. Comme cet hôtel reçoit une clientèle haut de gamme et exigeante, l'accueil et la prise en charge du client doivent être professionnels afin de véhiculer l'image de qualité de l'établissement et d'assurer la satisfaction totale de chaque client.

VIDÉO
Le métier de réceptionniste d'hôtel 5'
foucherconnect.fr/23ga71

1 Que signifie l'expression « dérouler le tapis rouge » au client ?

2 Pourquoi l'accueil client doit-il absolument être soigné ?

ACTIVITÉ 1 Réussir sa prise de contact verbale

Après avoir écouté les conseils de votre chef de réception, qui vous sensibilise à l'importance d'accueillir et de prendre en charge les clients conformément à la politique d'accueil de l'hôtel, vous accueillez un homme d'affaires de passage dans la région pour son travail et qui a une réservation.

doc 1 Un accueil réussi en 4 x 20

Un accueil réussi est un accueil où il n'y a que des gagnants. Lorsque le client se sent à l'aise et parfaitement compris, il y a en effet toutes les chances qu'il reste fidèle à votre établissement. Mais comme pour toute prise de contact, les premiers instants déterminent la suite de la relation. Il faut donc agir vite et bien, en étant courtois et professionnel. Pour cela, vous pouvez suivre la règle des 4 × 20 : soignez les 20 premiers mots, vos 20 premiers gestes, vos 20 cm du visage et les 20 premières secondes.

1 **Surlignez** dans le texte ce que signifient les 4 × 20.

2 **Reliez** chaque règle des 4 × 20 à la technique de communication nécessaire pour réussir votre accueil.

Règle des 4 x 20	Techniques de communication
20 cm du visage ●	● Avoir un langage correct, un vocabulaire positif, une voix suffisamment audible, articuler et saluer le client de façon personnalisée : « Bonjour Monsieur, bienvenue… »
20 premiers gestes/pas ●	● Donner une bonne impression dès le premier contact, créer un climat de confiance dès les premières secondes.
20 premiers mots ●	● Avoir une attitude sûre, une allure soignée, des gestes d'ouverture, se lever, aller au-devant du client.
20 premières secondes ●	● Avoir un regard franc et souriant.

3 **Précisez**, pour chaque situation ci-dessous, si le registre de langage est professionnel ou non. **Proposez** ensuite une formulation d'accueil adaptée pour chaque situation non professionnelle.

Situation d'accueil et de prise en charge	Langage professionnel		Formulation d'accueil et de prise en charge adaptée
	Oui	Non	
« Bonjour M'sieur, comment ça va ! »	☐	☐	
« Bonjour monsieur Leduc et bienvenue à l'hôtel Le Normandy, avez-vous fait un bon voyage ? »	☐	☐	
« Je n'en sais rien, attendez je vais voir. »	☐	☐	
« Bonjour Monsieur et bienvenue dans notre établissement, puis-je avoir votre nom ? »	☐	☐	
« Est-ce que vous voulez manger ce soir dans notre restau ? »	☐	☐	
« Attendez, j'vais jeter un coup d'œil pour voir s'il y a de la place ! »	☐	☐	

ACTIVITÉ 2 Adopter une posture professionnelle

doc 2 Une bonne communication non verbale

Dès le premier contact visuel avec votre client, vos gestes, votre posture, vos expressions du visage, votre élocution, le volume de votre voix et votre apparence vestimentaire ont leur importance dans la transmission des messages.

Ces éléments de communication non verbale (ou de paralangage) doivent favoriser un climat de confiance bénéfique à la relation client.

Attention, le non verbal ne ment pas, il faut montrer au client qu'on est sincère dans sa prise en charge.

4 **Identifiez** le message transmis par le langage non verbal des personnes représentées ci-dessous. **Reliez** ensuite chaque image à l'attitude qu'elle exprime.

5 **Entourez** ensuite l'image qui représente l'attitude la plus adaptée pour accueillir un client de façon professionnelle.

Attitude décontractée	Respect et disponibilité	Attitude fermée et sur la défensive	Attitude ennuyée	Attitude de domination

6 **Précisez,** pour chaque élément de communication non verbale ci-dessous, ce que vous devriez faire pour réussir votre prise en charge client.

Éléments de communication non verbale	Ce que vous devez faire
Hygiène corporelle	Cheveux coiffés, ongles propres...
Tenue vestimentaire et présentation	
Regard	
Expressions du visage	
Gestuelle	
Posture	
Disponibilité	

Compléter et retenir

L'accueil et la prise en charge du client

La réussite d'un accueil client repose sur la maîtrise des codes de la communication.
Une technique simple à utiliser en situation d'accueil est d'appliquer la règle des 4 x 20.

😊	😊 Bonjour	⏱	🤝
↓	↓	↓	↓
....	....	....	....
↓	↓	↓	↓
Avoir un visage souriant et un regard franc.	Adopter un langage correct, utiliser des mots positifs, une formule d'accueil personnalisée.	Donner une bonne impression dès les premiers instants, créer un climat de confiance.	Adopter des gestes d'ouverture, accueillants, se lever et aller au-devant du client.

En parallèle, adoptez un langage professionnel pour réussir votre accueil et la prise en charge de votre client.

Utiliser une formule	→	« Bonjour Madame, Bonjour Monsieur » + usage du nom éventuellement.
Éviter les mots	→	« Je ne sais pas… », « Pas de souci », « Alors en fait », « Du coup »…
Utiliser un langage	→	« Y'a pas de soucis » = « Bien entendu » « Bougez pas » = « Merci de patienter » « De rien » = « Je vous en prie »

La communication non verbale participe à un accueil chaleureux et à une prise en charge client réussie.

Il faut donc faire attention aux éléments de communication non verbale.

....	....	....	....	....

Se tester

Retrouvez les mots cachés.

COTIMAMONUNIC	C				U	N				I	O	N
GELLESTUE	G			T	U			L				
GALANGE					A	G						
TUREPOS	P	O				R	E					
SOIREUR			U	R	I		E					
GADRER	R					D						

MOTS clés

Communication verbale et non verbale • 4 × 20

mémo audio
foucherconnect.fr/23ga72

QCM interactif
foucherconnect.fr/23ga73

Les besoins et les attentes du client

18

Objectifs
- **Identifier** les besoins et les attentes du client
- **Conseiller** et argumenter

Découvrir

CONTEXTE PRO

Vous êtes recruté comme serveur à *L'Auberge de la mer*, à Marseille. Votre responsable vous explique que pour comprendre les attentes des clients et les servir au mieux, il faut se montrer méthodique dans leur prise en charge et les accompagner tout au long de leur visite. Vous tentez donc d'être attentif et réceptif aux messages qu'émettent les clients.

VIDÉO
Le métier de serveuse de restaurant 4'44
foucherconnect.fr/23ga83

1 D'après la photographie, la prise en charge du client par la serveuse vous semble-t-elle correcte ? Pourquoi ?

2 Qu'aurait dû faire la serveuse en salle pour éviter cette erreur ?

ACTIVITÉ 1 Maîtriser l'art du questionnement

Le serveur en salle n'a pas seulement pour fonction de servir les plats, son rôle est aussi de développer les ventes du restaurant en appliquant les techniques commerciales adaptées. Après l'accueil et la prise en charge du client, une identification de ses besoins est indispensable pour préparer une bonne argumentation commerciale.

doc 1 Les bonnes questions

1 À l'aide du *doc 1*, **décrivez** ce que fait le serveur une fois l'accueil client réalisé.

....

2 **Expliquez** pourquoi cette étape de la vente est importante.

....

doc 2 Des questions classées

Pour cerner au mieux les attentes du client, il existe plusieurs techniques de questionnement.

- Les **questions ouvertes** permettent de faire parler le client et d'apporter des informations précises sur ses besoins.
- Les **questions fermées** appellent des réponses précise (oui/non).
- Les **questions alternatives** permettent de préciser un choix entre deux possibilités proposées par le serveur.
- Les **questions suggestives** visent à influencer le client dans son choix. On ne l'utilise jamais en début d'entretien, car elles peuvent être mal perçues par le client.

3 À l'aide du *doc 2*, **cochez,** pour chaque question, la catégorie à laquelle elle se rattache.

Question posée par le serveur	Question ouverte	Question fermée	Question alternative	Question suggestive	Logique « entonnoir »
« Avez-vous pris le temps de regarder le menu, qu'est-ce qui vous ferait plaisir ? »					
« Puis-je vous proposer un apéritif en attendant ? »					
« Prendrez-vous un café pour terminer ? »					
« Désirez-vous de l'eau plate ou de l'eau gazeuse ? »					
« Puis-je vous proposer un excellent vin pour accompagner votre plat ? »					

doc 3 La technique de l'entonnoir

Cette technique de questionnement consiste à aborder avec le client un sujet en général, puis à poser, au fur et à mesure que l'on progresse dans le questionnement, des questions plus précises et/ou plus impliquantes.

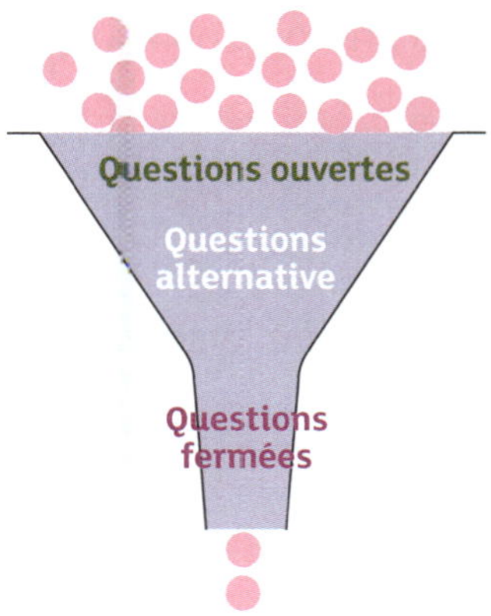

4 **Classez,** en les numérotant selon une logique « entonnoir », les questions posées par le serveur dans le tableau ci-dessus.

ACTIVITÉ 2 Pratiquer l'écoute active et la reformulation

Le questionnement doit toujours s'accompagner d'une écoute active, qui identifie clairement et satisfait les besoins du client, tout en permettant au serveur de réaliser davantage de ventes.

doc 4 L'art de la reformulation

Une fois la phase de découverte des besoins terminée, le serveur en salle pratique une reformulation qui vise à valider la commande avec le client, ce qui permet d'éviter des malentendus et de s'assurer que le client a été écouté activement.

La reformulation est très importante, car vous passez avec vos clients un contrat commercial verbal, et non manuscrit. De plus, toute erreur sur la commande entraînera des conséquences sur le chiffre d'affaires à cause de l'information erronée transmise aux cuisiniers chargés de préparer les plats (manque à gagner dû au gaspillage de matières premières), et rendra le client mécontent.

Alors reformulez clairement et simplement !

5 **Surlignez** dans le *doc 4* l'utilité de pratiquer la reformulation.

doc 5 Une commande mal perçue

Serveur : Monsieur, avez-vous fait votre choix ?

Client : Oui, j'ai très peu de temps, je prendrai uniquement le plat du jour, le carré de veau s'il vous plaît, bien cuit, ainsi qu'une bouteille d'eau pétillante.

Serveur : Très bien, quelle cuisson pour le carré de veau ?

Client : *Euh...* comme je vous l'ai dit, bien cuit.

Serveur : Très bien, c'est noté. Pour l'entrée, vous prendrez quoi ?

Client : Non pas d'entrée, j'ai peu de temps, pourriez-vous me dire si je peux être servi en peu de temps ?

Serveur : Ce midi nous avons de l'attente comme vous le voyez, il y a du monde, il faudra patienter un peu.

6 **Surlignez** dans le dialogue deux moments où le serveur n'a pas su faire preuve d'écoute active.

7 **Expliquez** les conséquences que peut avoir un manque d'écoute active de la part du serveur.

....

....

8 **Prenez connaissance** de la commande de la famille Petrakos, puis **proposez** une reformulation.

La commande de la famille Petrakos	**Votre reformulation :**
Madame : « Je prendrai en entrée un croustillant de gambas, puis un saumon sauté et pommes de terre persil, deux menus enfants et une bouteille d'eau. » Monsieur : « Pour moi ce sera une entrée croustillant de gambas, un carré de veau, bien cuit s'il vous plaît, et une purée de panais. »	

Compléter et retenir

Les besoins et les attentes du client

Questionner le client permet de cerner ses besoins et de préparer une bonne argumentation.

Les différents types de questions

Questions	Questions	Questions	Questions ....
Elles permettent de faire parler le client, d'apporter des informations précises sur ses besoins.	Elles appellent des réponses précises, sans explications.	Elles permettent de préciser un choix entre deux options proposées par le serveur.	Elles visent à influencer le client dans son choix.

Les questions doivent être hiérarchisées et posées dans un ordre logique afin de cadrer l'entretien commercial avec le client.

Pour cela, on applique souvent la méthode de l'entonnoir (du plus général au plus précis) :

↓

Les questions .... : « Que puis-je vous servir comme vin ? »

↓

Les questions .... : « Vous êtes plutôt vin blanc ou vin rouge ? »

↓

Les questions .... : « Prendrez-vous du vin ? »

Se tester

MOTS clés

Besoins • Écoute active • Reformulation

mémo audio
foucherconnect.fr/23ga84

Reliez chaque début de phrase à la proposition qui vous semble adaptée.

Questionner le client ●	● de faire parler le client et d'apporter des informations précises sur ses besoins.
Les questions ouvertes permettent ●	● influencer le client dans son choix.
Les questions suggestives visent à ●	● est indispensable pour préparer une bonne argumentation.
L'écoute active ●	● développer les ventes additionnelles.
La reformulation consiste à ●	● montre qu'on est pleinement disponible pour le client.
Identifier correctement les besoins du client permet de ●	● résumer les attentes du client pour s'assurer qu'on a bien compris ses besoins.

QCM interactif
foucherconnect.fr/23ga85

L'argumentaire de vente

19

Objectif
- **Renseigner**, conseiller et argumenter

Découvrir

CONTEXTE PRO

Vous travaillez comme serveuse au restaurant *À La Bonne Fourchette*, à Bordeaux. En tant que professionnelle du service et de la vente, votre rôle est de faire des propositions aux clients et de valoriser les produits de la carte. Votre argumentation vous permet ainsi de développer les ventes de votre établissement.

VIDÉO
Serveur : être au service du client 1'48
foucherconnect.fr/23ga80

1 À partir du contexte professionnel ci-dessus, que fait la serveuse une fois les besoins des clients identifiés ?

....

....

2 Comment la serveuse peut-elle participer au développement du chiffre d'affaires du restaurant ?

....

....

ACTIVITÉ 1 Connaître le produit et le client

Votre chef de rang vous sensibilise à l'importance d'une bonne connaissance de la carte du restaurant et des produits proposés. Vous prenez alors conscience qu'il vous faut travailler la valorisation des produits et préparer l'argumentation. Vous commencez par mettre en avant la suggestion du chef, le chapon du Gers aux petits légumes et son jus court.

ALIMENTATION DURABLE

doc 1 Le chapon Label Rouge du Gers

Les **volailles sont élevées dans le respect de la tradition, en plein air,** dans le Gers. Ces méthodes d'élevage garantissent le bien-être des volailles et leur donnent des conditions de croissance optimales : espace, air pur, alimentation naturelle...

Les volailles du Gers sont nourries avec 100 % de végétaux, minéraux et vitamines. Disposant d'une IGP (Indication géographique protégée) pour certifier de son origine géographique et d'un Label Rouge pour garantir sa qualité supérieure, les volailles fermières du Gers sont réputées pour la saveur et la fermeté de leur chair. La volaille du Gers, qu'elle soit rôtie, grillée ou en fricassée, fait le régal des amateurs !

D'après pouletdugers.com

1. **Surlignez** dans le *doc 1* deux caractéristiques nécessaires à votre argumentation.
2. **Entourez** ensuite deux preuves de qualité de ce produit.
3. **Indiquez** deux raisons de bien connaître les produits pour le service en salle.

....

....

....

doc 2 La méthode SONCASE

Une bonne argumentation commerciale doit aussi pouvoir s'adapter aux mobiles d'achat de la clientèle qui fréquente le restaurant.

On utilise régulièrement la méthode **SONCASE**, qui identifie sept mobiles d'achats principaux.

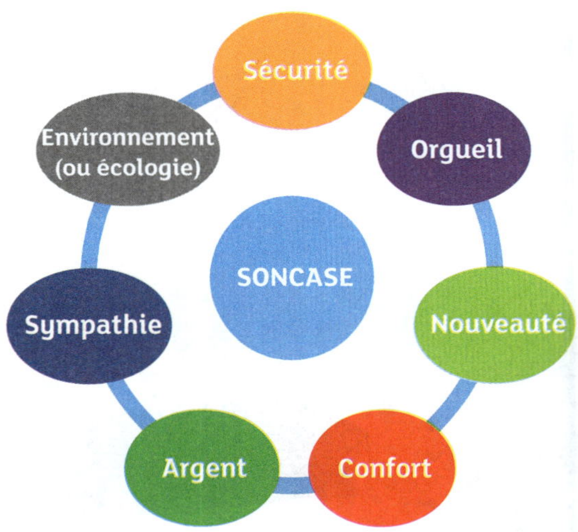

4. **Associez** chacune des attentes des clients suivants au mobile d'achat SONCASE correspondant.

Attentes clients	Mobile SONCASE détecté
Le client cherche le confort et ne veut pas perdre de temps.	
Le client cherche à se démarquer par des mets d'exception.	
Le client recherche des produits locaux et frais.	
Le client a besoin d'être rassuré, car il recherche des produits bons pour sa santé.	
Le client apprécie une relation et un cadre sympathique, il veut se faire plaisir.	
Le client ne s'intéresse qu'au rapport qualité/ prix.	
Le client apprécie les nouvelles expériences.	

ACTIVITÉ 2 Construire une argumentation efficace

doc 3 **La méthode CAP**

Pour construire un argumentaire et valoriser un produit, on utilise la méthode CAP.

Caractéristique		Avantage		Preuve
Une caractéristique principale du produit : sa provenance, sa texture… *Ex. : c'est une viande de boeuf charolais Label Rouge.*	+	Transformer la caractéristique en bénéfice pour le client, en rapport avec ses besoins et son profil SONCASE pour lui donner envie de consommer. *Ex. : viande savoureuse et plus tendre.*	+	Apporter la preuve de la qualité, des points forts du produit. *Ex. : mettre en avant un label qualité, la fraîcheur, le fait maison…*

5 **Proposez** un avantage et une preuve pour la caractéristique donnée ci-dessous.

Caractéristique	Avantage	Preuve
Volaille du Gers Label Rouge		

6 Grâce à l'argumentaire, le client doit s'imaginer ce qu'il va manger. Plus il visualisera son assiette, plus il aura envie de consommer. **Indiquez** si chaque phrase d'argumentation suivante est correcte ou incorrecte, puis **justifiez** votre choix.

Argumentation commerciale	Correcte	Incorrecte	Justification
« C'est une entrée légère et rafraîchissante, un filet de saumon frais d'Écosse Label Rouge, finement émincé et mélangé à une sauce à l'huile d'olive vierge parfumée à l'aneth et à la ciboulette. »	☐	☐	
« Il s'agit de thon à la mayonnaise avec des morceaux de tomates pelées, du mesclun et des morceaux de citron, des filets d'anchois, des olives vertes et de la ciboulette. »	☐	☐	
« C'est un délicieux plat italien, de petites escalopes de veau détaillées dans le filet mignon qui seront flambées au whisky devant vous et nappées d'une onctueuse sauce au marsala, le tout accompagné de polenta et de tomates provençales. »	☐	☐	

7 **Proposez** une argumentation commerciale simple qui donnera envie aux clients de commander la suggestion du chef.

Chapon du Gers aux petits légumes et son jus court : volaille fermière du Gers IGP et Label Rouge, cuisson au four, aux petits légumes nouveaux du marché (brocolis, carottes, haricots verts, tomates cerises, sauce au safran).

Votre argumentation :

Compléter et retenir — L'argumentaire de vente

L'argumentaire de vente repose sur une bonne connaissance des caractéristiques principales des produits présentés sur la carte du restaurant et sur l'identification des mobiles d'achat du client.

Spécificités	Sucré – Salé – Amer – Acide
.... de qualité	
....	Moelleuse – Tendre – Croquante – Croustillante – Crémeuse – Onctueuse
.... géographique	Foie gras du Sud-Ouest, volaille du Gers, truffe du Périgord, sel de Guérande...

Comprendre les mobiles d'achat profonds de ses clients permet d'utiliser les bons arguments de vente. → La méthode SONCASE aide à cerner ces mobiles. →

- S ....
- O ....
- N ....
- C ....
- A ....
- S ....
- E .... É ....

Pour structurer son argumentation, le serveur peut utiliser la méthode CAP.

- C .... Un élément essentiel du produit : son origine, sa texture...
- A .... Un bénéfice procuré au client.
- P La preuve des qualités du produit, des avantages avancés.

L'argumentation repose sur l'usage d'un vocabulaire professionnel et positif qui décrit et valorise le produit, afin de :

Décrire le produit	Illustrer la texture des mets	Donner le mode de cuisson	Valoriser l'aspect traditionnel de certains mets
Fin, frais, délicat, subtil...	Croquant, fondant, tendre...	Frit, grillé, gratiné...	Produit local, fermier, label qualité, race bovine...

Se tester

MOTS clés
Argumentaire • Label • Mobile d'achat

mémo audio
foucherconnect.fr/23ga81

Retrouvez les mots cachés.

ARCATCQUESTIRIÉ	C					T							Q		
TUGARMENRE	A				M					R					
VANICRONCE	C							C							
GATAVENA		V						E							
VEPURE			E			E									
BALEL		A			L										

QCM interactif
foucherconnect.fr/23ga82

Les ventes additionnelles et la fidélisation

20

Objectifs
- **Réaliser** des ventes additionnelles
- **Connaître** les techniques de fidélisation de la clientèle

Découvrir

CONTEXTE PRO

L'enseigne *Crocodile* a vu le jour en 1989 dans les Hauts-de-France, plus précisément à Englos, près de Lille. Spécialisée dans le concept de Buffets & Grill, l'enseigne compte désormais 18 restaurants, majoritairement situés dans le Nord.
Avec un élément différenciateur fort, le « train-wagon », les clients peuvent déjeuner et passer du bon temps dans une vraie locomotive.

VIDÉO
La fidélisation des clients
1'30
foucherconnect.fr//23ga51

1 Quel est l'intérêt pour l'enseigne de proposer à ses clients de manger dans un wagon ?

....

....

2 Une fois que le restaurant a réussi à faire venir les clients grâce à son originalité, que doit ensuite faire l'enseigne *Crocodile* ?

....

....

ACTIVITÉ 1 Appréhender la notion de vente additionnelle

Après avoir effectué vos stages dans le restaurant *Crocodile* proche de votre domicile, le chef d'établissement vous embauche en CDD (contrat à durée déterminée). Durant cette période, vous faites votre maximum pour obtenir un CDI (contrat à durée indéterminée). Vous réalisez pour cela de nombreuses ventes additionnelles afin de montrer l'intérêt de votre embauche pour l'entreprise.

doc 1 Une définition à connaître

La vente additionnelle consiste à proposer un produit additionnel lors de l'achat du produit principal.

Par exemple, une coque de protection avec votre nouveau smartphone, un produit d'entretien avec vos nouvelles baskets, du popcorn avec votre place de cinéma...

L'intérêt de la vente additionnelle est de profiter de l'intérêt du client envers un produit pour l'influencer et le pousser à acheter un produit complémentaire, dans le but d'augmenter le montant dépensé par le client, et donc le chiffre d'affaires de l'entreprise.

1 **Soulignez** en vert dans le *doc 1* ce qui définit la vente additionnelle.

2 **Soulignez** en rouge l'intérêt pour un restaurant de réaliser des ventes additionnelles.

doc 2 Un client fort sympathique

Martin, musicien habitué de votre établissement, passe toujours sa commande en se laissant tenter par les propositions et les conseils de la personne qui va le servir. Ce soir, après son concert, il a décidé de se faire plaisir. Son repas sera un plat de poisson (type saumon) avec du riz, du fromage (selon la carte) et une belle mousse au chocolat maison en dessert.

3 **Listez** ce qu'il est possible de proposer à Martin avec les informations fournies sur sa commande.

....

....

....

4 **Préparez** des phrases-types que vous utiliserez pour proposer des ventes complémentaires à votre client.

Ventes complémentaires	Phrases-types
Un apéritif.	Souhaitez-vous un apéritif pour commencer ?
Un verre de vin (blanc ou rouge).	
Une bouteille d'eau	
Un café	
Un digestif	

ACTIVITÉ 2 Connaître les principales techniques de fidélisation

Afin de fidéliser ses clients, l'enseigne a choisi, parmi d'autres techniques existantes, d'utiliser la carte de fidélité. En tant que nouvel embauché, votre employeur vous demande d'analyser cette technique et de proposer des pistes supplémentaires de techniques de fidélisation pour l'enseigne.

doc 3 La fidélisation chez *Crocodile*

Comment fonctionne le programme Appti ?

Appti fonctionne comme une tirelire : à chaque passage dans le restaurant, une partie de votre addition est épargnée dans votre tirelire.

Lors du paiement de l'addition, vous décidez d'utiliser ou non votre épargne.

Faites scanner votre application ou votre carte et le montant qui se trouve dans votre tirelire est déduit de votre addition.

Ensuite, un pourcentage du montant final de votre addition est ajouté à votre tirelire.

Plus fréquemment vous nous rendez visite, plus grand sera le pourcentage qui ira dans votre tirelire.

À **chaque** passage	Si vous revenez **dans les 14 jours**	Si vous revenez **dans les 5 jours**
épargnez **3 %**	épargnez **4 %**	épargnez **5 %**

Utilisez le montant épargné dans votre tirelire quand vous voulez dans votre restaurant préféré !

5 **Expliquez** le fonctionnement du programme de fidélité chez *Crocodile*.

....

....

6 Pourquoi l'enseigne propose-t-elle un pourcentage plus élevé en fonction de la fréquence de venue ?

....

....

7 **Donnez** une définition de la fidélisation client.

....

....

8 À l'aide de vos connaissances et d'une recherche sur Internet, **proposez** de nouvelles stratégies de fidélisation utilisables par votre restaurant *Crocodile*.

Stratégies de fidélisation	Exemples
Jeux concours	....
....	Offrir l'apéritif ou un pourcentage sur la note.
Parrainage	....
....	....
....	....

Compléter et retenir Les ventes additionnelles et la fidélisation

La vente additionnelle consiste à proposer un produit supplémentaire lors de l'achat du produit principal.

D'une manière générale, les ventes aditionnelles pour une entreprise permettent :

D'augmenter .... de l'enseigne.

Ce qui permet à l'entreprise d'augmenter sa rentabilité.

Et donc d'augmenter .... et d'ainsi poursuivre son développement.

L'objectif principal de la fidélisation est de faire revenir la clientèle de manière régulière.

Les principaux outils de la fidélisation

- ....
- ....
- .... (création et utilisation d'une e-communauté)
- .... (couponing)

MOTS clés
Chiffre d'affaires • Fidélisation • Ventes additionnelles
mémo audio
foucherconnect.fr/23ga52

Se tester

Répondez par vrai ou faux aux affirmations suivantes.

	Vrai	Faux
Les ventes additionnelles permettent de développer le chiffre d'affaires.	☐	☐
Les ventes additionnelles présentent peu d'intérêt pour les entreprises.	☐	☐
Les ventes additionnelles se font avant la vente du produit principal.	☐	☐
Lorsque l'on répond aux objections, il ne faut surtout pas lever les yeux au ciel en soupirant.	☐	☐
La fidélisation cherche à limiter les départs des clients vers la concurrence.	☐	☐

QCM interactif
foucherconnect.fr/23ga53

Les techniques de fidélisation

21

Objectif
- **Appréhender** les techniques de fidélisation client jusqu'à la prise de congé

Découvrir

CONTEXTE PRO

Vous travaillez comme stagiaire au sein de la société Goürmi. Cette entreprise, créée par Julie Hamon à Blériot-Plage (62), se définit comme un traiteur sans gluten en alimentation durable tourné vers le végétal. Julie fabrique ses produits dans son laboratoire, puis les vend sur son site Internet (www.gourmi.fr) et grâce aux réseaux sociaux (LinkedIn, Facebook et Instagram notamment). Comme son activité prend de l'essor, elle aimerait développer un programme de fidélisation.

GOÜRMI
La gourmandise à raison

VIDÉO
L'enseigne *Un Burger à l'Ouest* fidélise avec le système Kenevi
1'30
foucherconnect.fr/23ga54

1 Quel est l'intérêt d'une carte de fidélité pour le client et pour l'entreprise ?

2 Quel est l'inconvénient de posséder autant de cartes de fidélité ? Y a-t-il une solution ?

ACTIVITÉ 1 Choisir un programme de fidélisation

Comme Goûrmi est présente sur les réseaux sociaux, Julie a décidé de développer un programme de fidélisation dématérialisé.
Elle envisage un programme avec trois niveaux de fidélisation et vous demande de l'aider à le mettre en place.

doc 1 La carte de fidélité réinventée

- ✔ Votre carte de fidélité dématérialisée personnalisée
- ✔ Pour tous les secteurs d'activité
- ✔ Fichier clients auto-alimenté par les clients
- ✔ Marketing & notifications Push
- ✔ Parrainage automatisé entre clients, marketing viral
- ✔ Collecte automatique d'avis sur les réseaux sociaux
- ✔ Suivi temps réel des transactions et stats
- ✔ Click & Collect intégré, paiement en ligne
- ✔ Cartes physiques également disponibles
- ✔ API : intégration à la caisse, marketing avancé
- ✔ + de nombreux avantages, sans aucun effort !

 # vidéo
Comprendre l'appli WeThankYou en 45 secondes 0'45
foucherconnect.fr/23ga55

BASIC	le plus populaire PREMIUM	CORPORATE
Carte de fidélité dématérialisée	Augmentez vos ventes sans aucun effort	Votre appli sur mesure en marque blanche
39€ HT/mois	59€ HT/mois	sur devis
illimité	illimité	Contactez-nous
sans engagement	sans engagement	Idéal pour groupe et franchise
Frais de création : 180€ HT	Frais de création : 180€ HT ou offerts si 1re année payée	

1 **Relevez** les avantages et les inconvénients du programme de fidélisation WeThankYou.

Avantages	Inconvénients
Simplicité :	....
Gain de temps :	....
Suivi facilité :	....
Développement de l'activité :	....

2 **Reliez** chaque client au niveau de fidélisation qui lui revient.

Les clients

Génial ! Une urgence, j'ai commandé hier et je suis déjà livré. Et en plus, c'est gratuit ! ❍

10 € pour mon anniv ! C'est vraiment sympa ! ❍

J'ai appris beaucoup de choses pendant l'atelier « Biscuits sans gluten ». ❍

Les niveaux de fidélisation

❍ **Apprenti :** grâce à ce statut, le client peut profiter de remises sur ses prochaines commandes, mais également d'un cadeau pour son anniversaire.

❍ **Expert :** les avantages précédents + la livraison offerte dès 50 € d'achat et la participation à des ateliers privés !

❍ **Ambassadeur :** les avantages précédents + la livraison en 24h offerte dès 100 € d'achat et la possibilité de devenir testeur de produits !

ACTIVITÉ 2 Exploiter un programme de fidélisation

En téléchargeant l'application de fidélisation Goürmi, le client enregistre des données personnelles. Vous pourrez ensuite exploiter ces données pour développer des actions de fidélisation.

doc 2 Les données enregistrées

CRÉER VOTRE COMPTE

Merci de créer votre compte afin de :
- pouvoir continuer à utiliser vos points
- bénéficier de promotions supplémentaires réservées à nos clients les plus fidèles.
- récupérer vos points en cas de perte de votre téléphone

Votre email :

Confirmer votre email :

Mot de passe (6 caractères min.) :

Votre nom :

Votre prénom :

Votre date de naissance :

Votre n° de mobile :

CRÉER VOTRE COMPTE

Vos données sont protégées et ne seront jamais redistribuées à des tiers. Seules les enseignes que vous avez choisies y ont accès et s'engagent à ne les utiliser que dans le seul but de communication

3 À l'aide du ***doc 2***, **recherchez** les données personnelles à exploiter dans les situations présentées ci-dessous.

Situation n° 1

Nicolas Lambert aura bientôt 35 ans, Goürmi va lui envoyer un courriel pour fêter son anniversaire.

Les données utiles : ....

Situation n° 2

Une newsletter est envoyée à tous les clients pour les informer de l'arrivée d'une nouvelle gamme de produits sans gluten pour l'apéritif.

Les données utiles : ....

Situation n° 3

Angélique a reçu sa commande aujourd'hui. Goürmi lui envoie un SMS pour l'inviter à laisser un avis sur les réseaux sociaux.

Les données utiles : ....

Situation n° 4

Vous avez décidé d'envoyer une offre personnalisée aux 20 plus gros clients de l'entreprise.

Les données utiles : le chiffre d'affaires par client, ...

doc 3 Les explications de Julie

Comme pour le reste de notre gamme, les produits « Apéro » sont sans gluten, réalisés de manière artisanale et dans la mesure du possible à partir de produits locaux.
Cette gamme est réalisée pour une recherche d'un plaisir maximum en utilisant des ingrédients les plus vertueux possible du point de vue de la nutrition, de leur qualité et de leur empreinte carbone.
Nos clients « Ambassadeurs » pourront venir tester ces nouveaux produits en exclusivité !

4 **Rédigez** le post à publier sur les réseaux sociaux pour l'arrivée de la gamme « Apéro ».

Titre : ....

Texte du post : ....

....

Compléter et retenir

Les techniques de fidélisation

Les objectifs

- Faire revenir les clients
- ....

Les moyens

- ....
- Les cartes de fidélité dématérialisées
- ....

Les récompenses

- ....
- Des avantages : livraison gratuite, cadeaux, goodies…
- ....

Les exploitations

- Compléter et enrichir la base de données clients
- ....
- Inciter à déposer des avis sur les réseaux

MOTS clés

Programme • Promotion

 # mémo audio foucherconnect.fr/23ga56

Se tester

Retrouvez les mots ci-dessous en les entourant dans la grille (lecture horizontale, verticale et diagonale).

Applications
Cadeaux
Carte
Client
Dématérialisé
Exploitation
Fidélisation
Programme
Promotion
Réseaux
SMS

D	F	T	V	A	W	N	J	F	Z	J	I	P	F
E	É	V	P	R	O	G	R	A	M	M	E	J	I
W	X	M	H	P	M	R	T	K	E	Z	J	L	D
T	H	P	A	Y	C	A	D	E	A	U	X	B	É
O	I	R	L	T	U	I	O	L	K	J	U	R	L
E	R	O	Y	O	É	J	C	L	I	E	N	T	I
S	T	M	T	V	I	R	K	A	P	O	M	L	S
M	O	O	H	A	R	T	I	Z	R	F	G	H	A
S	P	T	U	S	F	L	A	A	Q	T	U	Y	T
Q	A	I	I	Z	V	Y	G	T	L	Q	E	P	I
R	Q	O	J	R	V	H	T	J	I	I	U	Y	O
L	S	N	R	É	S	E	A	U	X	O	S	I	N
M	U	R	Z	S	A	U	Y	B	E	O	N	É	X
A	P	P	L	I	C	A	T	I	O	N	S	H	K

QCM interactif foucherconnect.fr/23ga57

La prise de congé et le traitement des réclamations

22

Objectifs
- **Comprendre** l'intérêt de réaliser une bonne prise de congé
- **Identifier** les formes de réclamations
- **Traiter** efficacement les réclamations

Découvrir

CONTEXTE PRO

Le restaurant *Chez Augustin*, situé à Barfleur dans la Manche (50), a vu le jour en 2010. Spécialisée dans les plats types « brasserie », l'enseigne se démarque en proposant des produits frais qui conviennent aussi bien aux dîners d'affaires qu'aux repas en famille ou entre amis, le tout dans un cadre moderne et chaleureux.

VIDÉO
La prise de congé du client
0'47
foucherconnect.fr/23ga61

1 Quel est l'intérêt pour un restaurant de créer un cadre agréable et de fournir des produits de qualité à ses clients ?

....

....

2 Lorsque les clients ont dégusté leur repas dans de bonnes conditions au sein de l'établissement, quel sera le dernier contact avec l'entreprise ?

....

....

ACTIVITÉ 1 Apprécier l'importance de la prise de congé

Vous venez d'être embauché en tant que serveur *Chez Augustin* et votre responsable veut vous familiariser avec l'établissement et ses habitués. Pour cela, il vous place à un endroit stratégique du restaurant, la caisse, pour observer l'étape d'encaissement des clients.
Il s'agit d'une étape très importante où se déroule la prise de congé.

doc 1 Des incontournables à connaître

La prise de congé doit laisser une bonne impression au client, afin que d'autres opportunités de vente puissent encore être réalisées.

Un client n'est jamais totalement gagné ni totalement perdu. Il faut donc rassurer le client en lui affirmant qu'il ne regrettera pas sa décision, le féliciter d'avoir acheté, le remercier et le saluer.

Cette dernière étape englobe le passage en caisse et la manière de prendre congé de son client. Attention, les remerciements se font même si le client n'achète pas. Vous avez accueilli le client comme un ami ; alors, comme vous le feriez avec un ami, raccompagnez-le quand il part.

Pour une prise de congé réussie, il faut savoir se montrer chaleureux, serein, courtois, attentionné et souriant. En revanche, il ne faut jamais être indifférent, dédaigneux, sarcastique ou désinvolte avec le client.

1 **Lisez** le *doc 1* et **surlignez** dans le texte :
- en jaune l'objectif principal de la prise de congé ;
- en bleu ce qu'il est utile de faire pour une prise de congé réussie ;
- en rouge ce qu'il faut éviter lors de la prise de congé ;
- et en vert les qualités importantes pour une bonne prise de congé.

Clément, journaliste de passage dans la région, vient de terminer son repas et se dirige vers vous pour payer. Afin de continuer votre formation, vous réalisez cet encaissement et la prise de congé.

2 **Préparez** ce que vous direz au client et **listez** les attitudes à adopter lors de cet échange.

Vos questions et remarques	Votre attitude face au client
Tout s'est bien déroulé ?	Souriant(e)
....	....
....	....
....	....
....	....
....	....

3 En vous aidant de la réponse à la question 2, **simulez** par groupe de deux une prise de congé dans le restaurant de votre choix.

Il arrive parfois qu'on décèle des insatisfactions chez certains clients ou que l'on soit amené à traiter des réclamations. À travers quelques exemples, votre responsable vous montre qu'elles s'expriment de manières différentes.

ACTIVITÉ 2 Traiter les réclamations clients

doc 2 Quelques exemples de réclamations

Avant de se rendre au restaurant, Karima découvre les avis publiés sur Internet ; elle consulte régulièrement les avis laissés par les clients, surtout les avis négatifs.

Willy, un « client mystère », s'installe en salle pour manger et analyser la qualité de l'accueil et des aliments. Un compte rendu sera effectué avec le directeur directement après le repas, puis envoyé par courriel.

En tant que cliente, Brigitte se présente au serveur et lui indique que sa viande n'est pas assez cuite.

Ali, père d'un enfant en bas âge, indique dans la boîte à suggestions que l'espace bébé est trop étroit et inutilisable, il conseille donc d'effectuer des travaux.

Pierre, le directeur d'établissement, ouvre sa messagerie électronique et constate qu'un client lui a fait part de son mécontentement.

4 **Classez** les auteurs des réclamations en fonction du moyen qu'ils utilisent pour les exprimer.

Réclamations à l'écrit	Réclamations à l'oral
Ali, ...	....

doc 3 Transformer un pépin en pépite

Maintenant que vous comprenez les différents moyens d'effectuer une réclamation, vous prenez connaissance de la vidéo suivante pour découvrir comment traiter l'insatisfaction client et apprendre à transformer un client mécontent en un ambassadeur.

vidéo
Réclamation client : transformer un pépin en pépite 2'13
foucherconnect.fr/23ga62

5 **Résumez** l'enseignement principal de cette vidéo.

....

....

....

Compléter et retenir La prise de congé et le traitement des réclamations

La prise de congé est le dernier moment passé avec le client avant qu'il ne quitte l'établissement. Cette étape est donc très importante et doit être rigoureuse et efficace.

Pourquoi la prise de congé est-elle une étape essentielle ?

- Elle permet de donner une ……………………
- Elle permet de …………… si la prestation s'est bien déroulée.

Quelles sont les qualités essentielles pour réaliser une bonne prise de congé ?

- Se montrer ……………………
- Être …………… (pratiquer l'écoute active).
- Bien regarder ……………………
- Se montrer …………… et ……………

Lorsque qu'un client n'est pas satisfait, il le fait savoir en privilégiant deux canaux de communication

- ……………………
  - • ……………………
  - • ……………………
  - • ……………………
- ……………………
  - ……………………
  - ……………………
  - ……………………

La réclamation est une « pépite » qui permet de montrer l'intérêt de l'entreprise pour son client.

MOTS clés

Prise de congé • Réclamation

mémo audio
foucherconnect.fr/23ga63

Se tester

Répondez par vrai ou faux aux affirmations suivantes.

	Vrai	Faux
La prise de congé ne permet pas de faire revenir le client.	☐	☐
La prise de congé demande certaines qualités et un comportement adapté.	☐	☐
Les réclamations se font à l'écrit ou à l'oral.	☐	☐
Il est possible d'utiliser les réclamations pour fidéliser ses clients.	☐	☐
Il est impossible pour un responsable d'entreprise d'agir sur la e-réputation.	☐	☐

QCM interactif
foucherconnect.fr/23ga64

La facturation

23

Objectif
- **Participer** aux opérations de facturation

Découvrir

CONTEXTE PRO

Vous êtes recruté au village de vacances *Les Salernes*, situé à Honfleur, dans le département du Calvados. Au sein de cet établissement, vous serez chargé de l'accueil et de la facturation des prestations choisies par la clientèle.

VIDÉO

La facturation, c'est quoi ?
1'04

foucherconnect.fr/23ga77

1 Que voyez-vous sur cette photographie ? Quel est l'intérêt d'utiliser une calculatrice ?

2 Comment se nomme le document qui indique au client le prix qu'il doit payer ?

ACTIVITÉ 1 Identifier les éléments d'une facture

C'est votre première expérience dans le domaine de la facturation. Avant de vous confier cette tâche en autonomie, votre responsable, Victoire Biernacki, vous demande d'observer une facture déjà établie.

1 **Complétez** la fiche d'informations à l'aide de la facture ci-dessous.

Centre de vacances Les Salernes ***
Route des Plages
14600 Honfleur
02 31 00 10 00

Facture n° 1487
Date : 15/07/202n

Monsieur Max Franck
44 rue des Quatre Chemins
62360 Étaples

Prestation	PU HT	Quantité	Total HT	TVA	Montant TVA	Total TTC
Location bungalow 4 pers. du 01/07 au 15/07/202n	149	14	2 086,00	10 %	208,60	2 294,60
Taxe de séjour 0,90 € par jour par pers.	12,60	4	50,40	0 %	0	50,40
Excursion découverte Deauville par pers.	89	4	356,00	10 %	35,60	391,60
TOTAL			2492,40		244,20	2 736,60
Remise 5 % Offre de bienvenue						136,83
TOTAL TTC en €						**2 599,77**

Fiche d'informations

Élément	Signification	Élément	Signification
« Les Salernes »***	Prestataire, vendeur	356,00	Montant HT de l'excursion pour 4 personnes
1487	....	244,20	....
15/07/202n	....	2 736,60	....
Max Franck	....	5 %	....
10 %	....	136,83	....
12,60 €	....	2 599,77	....

ACTIVITÉ 2 Compléter une facture

Vous êtes maintenant prêt à passer à l'action. Céline Silva, une cliente, se présente à l'accueil avec son mari pour régler leur séjour. Vous vous chargez d'établir sa facture à partir des informations visibles à l'écran de l'ordinateur.

2 **Établissez** la facture de Mme Silva à partir des prestations qui apparaissent à l'écran.

Centre de vacances « Les Salernes »***
Route des Plages
14600 Honfleur
02 31 00 10 00

Facture n° 2120
Date : 11/08/202n

Madame Céline Silva
9 rue de la Tour
59552 Lambres

Prestations	PU HT	Quantité	Total HT	TVA	Montant TVA[1]	Total TTC[2]
Location mobile home 2 pers. du 01/08 au 11/08/202n	184			10 %		
Taxe de séjour 0,90 € par jour par pers.		10	18	0 %	0	
Séance « Bien-être » par pers.	90					
TOTAL						
Forfait ménage 50 €						
TOTAL TTC en €						

1. La TVA est un impôt facturé aux clients. Son taux est variable : 5,5 % pour les produits alimentaires, 10 % pour l'hébergement et 20 % pour les prestations de bien-être et de thalassothérapie.
2. Le prix TTC (toutes taxes comprises) correspond au prix HT (hors taxes) auquel s'ajoute le montant de la TVA.

La facture de votre cliente est à présent établie et vous la lui remettez. Céline Silva vous signale que sa remise de 15 % « Nouveau client » n'apparaît pas.

3 **Calculez** le prix total TTC à payer en tenant compte de la remise de 15 % accordée.

Prix total avant remise de 15%	
Montant de la remise	
Prix total TTC après remise	

Compléter et retenir La facturation

La ………… est un document commercial → qui indique le ………… à régler par le client → correspondant aux produits et services achetés.

La facture comporte plusieurs mentions obligatoires :

- L' ………… et l'adresse du vendeur ou prestataire de services
- L'identité et l'adresse du client
- La ………… et le décompte des produits et services vendus

- La date de la vente, de la prestation de service
- La date et le ………… de la facture
- Le ………… de TVA légalement applicable
- L'éventuelle réduction de prix
- La somme totale à payer ………… et …………

- Le numéro SIRET (système d'identification du répertoire des établissements), qui est une série de 14 chiffres attribuée par l'Insee (Institut national de la statistique et des études économiques) permettant l'identification d'un établissement ou d'une entreprise française.

MOTS clés

Facture • Montant • Taux

mémo audio
foucherconnect.fr/23ga78

Se tester

Complétez la grille de mots croisés.

Horizontalement

1. Nom du vendeur ou du prestataire de service.
2. Abréviation pour désigner le prix « toutes taxes comprises ».
3. Tarif d'un produit ou d'une prestation.

Verticalement

A. Document commercial qui indique le montant à payer par le client.
B. Total du prix TTC à régler par le client.
C. Dénomination précise des produits et des services fournis au client.

QCM interactif
foucherconnect.fr/23ga79

La mesure de la satisfaction client

24

Objectif
- **Réaliser** les prestations et en assurer le suivi

Découvrir

CONTEXTE PRO

Vous travaillez comme stagiaire au sein de la société *Poe Charter Tahiti*, spécialisée dans l'organisation de croisières en catamaran en Polynésie française.

Vous découvrez plusieurs aspects de cette activité en occupant différentes fonctions à bord du bateau : l'accueil des clients, l'organisation du voyage, la préparation des repas et l'accompagnement des groupes pendant les excursions sur l'île de Tetiaroa.

Excursion journée Tetiaroa Maxi-Catamaran - Tetiaroa Day Tour on Maxi-catamaran

Départ Tahiti

BILLETTERIE

Description

Situé à moins de 60 kms de Tahiti, l'atoll de Marlon Brando et de l'île aux oiseaux vous accueille dans son écrin de nature. Eaux cristallines, paysages incroyables, fonds marins superbes et nombreux oiseaux marins sont à proximité à bord de votre Maxi Catamaran. Une excursion merveilleuse. Une fois sur l'île une petite marche de 20/30 minutes est nécessaire pour atteindre le motu aux oiseaux.

Localisation

Marina Papeete - Place Jacques Chirac,
OHANA - Marina of Papeete,
98713, Papeete
French Polynesia

VIDÉO

Avis en ligne des internautes : pourquoi il ne faut pas vous fier aux notes et aux étoiles 4'09

foucherconnect.fr/23ga34

1 À l'aide d'Internet, recherchez la signification de l'illustration en haut à droite de cette présentation.

....

....

....

2 Selon vous, quelle importance cette récompense peut-elle avoir pour la société Poe Charter ?

....

....

ACTIVITÉ 1 Distinguer les éléments de mesure de la e-réputation

La page d'accueil du site de *Poe Charter Tahiti* propose un lien vers le site TripAdvisor pour découvrir les avis des clients sur les activités proposées. Cela vous permet d'analyser la e-réputation de votre entreprise, c'est-à-dire sa réputation sur Internet et sur les réseaux sociaux.

POE CHARTER *Tahiti*

doc 1 Un extrait de la page TripAdvisor de *Poe Charter Tahiti*

Poe Charter Tahiti

992 • N° 2 sur 9 Excursions en bateau et sports nautiques à Papeete • Excursions en bateau • Circuits de pêche en mer • Locations ...Plus

Fermé • De 06:00 à 20:00 Écrire un avis

Avis Questions et réponses

Contrôle des avis

4.5 992 avis

Excellent		740
Très bon		163
Moyen		40
Médiocre		19
Horrible		31

Jean-Adrien C
Montmeyran, France • 17 contributions

0

Journée au top avec Poe Charter
août 2022

Excursion au top, lever de soleil sur le cata avec les baleines, le croissant, de la mangue et un café ! Le lagon et l'île aux Oiseaux sont magnifiques, intacts et sauvages.

On rentre après avoir déjeuner et fait du snorkeling puis arrivé près de Papeete un baleineau et sa maman autour du bateau !

Écrit le 18 octobre 2022

1 À l'aide du *doc 1*, **répondez** aux questions suivantes.

a) Quel est le classement de l'entreprise Poe Charter dans sa catégorie ?

☐ 2e ☐ 3e ☐ 5e ☐ 9e

b) Quel est le nombre de clients ayant exprimé leur avis ?

☐ 6 ☐ 25 ☐ 893 ☐ 992

c) Combien y a-t-il de notes différentes ?

☐ 6 ☐ 3 ☐ 4 ☐ 5

d) Quelles sont les deux façons d'exprimer un avis ?

– ……………………………………………

– ……………………………………………

ACTIVITÉ 2 Analyser d'autres outils de mesure

Poe Charter Tahiti souhaite développer d'autres outils pour mesurer le degré de satisfaction de ses clients. L'entreprise voudrait notamment s'adresser directement à ses voyageurs et envisage d'installer une borne interactive sur le ponton à la descente du bateau.

doc 2 Un outil interactif intéressant

La borne de satisfaction est un dispositif interactif qui permet de connaître de façon directe le niveau de satisfaction des clients, par une ou plusieurs questions ou par des émoticônes représentant une humeur. Installer une borne tactile de mesure de la satisfaction dans des endroits stratégiques est une solution rapide et simple à mettre en place.

 # vidéo
La borne de satisfaction clients 1'26
foucherconnect.fr/23ga35

2 **Relevez** un avantage et un inconvénient de l'utilisation de la borne interactive.

– Avantage : ....

....

– Inconvénient : ....

....

Pour essayer d'obtenir l'avis de l'ensemble des clients, *Poe Charter Tahiti* souhaite envoyer une enquête satisfaction par courriel. Vous participez à la rédaction de cette enquête.

doc 3 Des conseils utiles

Pour obtenir le meilleur taux de réponse à votre enquête, le plus important est l'invitation. Que ce soit sous forme de mail, de SMS ou d'affiche en magasin, n'oubliez pas de faire part aux clients du pourquoi de votre démarche et précisez le temps que cela leur demandera. Vous pouvez également profiter de cette occasion pour les rassurer sur l'utilisation de leurs données (anonymat/confidentialité des réponses…).
Enfin, l'objet du courriel doit être un véritable appel à l'action. En privilégiant des phrases à l'impératif telles que « Aidez-nous à améliorer nos services » plutôt que « Enquête de satisfaction » ou « Votre avis compte », vous augmenterez vos taux de réponse jusqu'à 18 %.

3 **Rédigez** la phrase d'introduction (l'invitation) qui sera en en-tête de votre enquête.

Nous avons été heureux de vous avoir à notre bord !

....

....

....

....

....

....

Compléter et retenir La mesure de la satisfaction client

Mesurer la satisfaction de ses clients permet à une entreprise de se positionner vis-à-vis de ses concurrents et de progresser.

Les outils de mesure

Ce sont les outils utilisés par ....

- Borne ....
- Enquête de .... :
  – en face à face ;
  – par téléphone ;
  – par ....
- Appel à une société spécialisée :
  – audit ;
  – client mystère.

La e-réputation

C'est la réputation de l'entreprise sur ....

- Via les réseaux ....

- Via des sites spécialisés :

MOTS clés
E-réputation
Satisfaction client

mémo audio
foucherconnect.fr/23ga36

Se tester

Lequel de vos clients est le plus satisfait ? Votre réponse : ....

QCM interactif
foucherconnect.fr/23ga37

Nom ....

Prénom ....

Date ....

PREP'exam 1

La convention collective

Afin de financer leurs études, Maylis et Florian ont décidé de travailler dans un fast-food. En discutant pendant la pause déjeuner, le manager évoque avec les deux nouveaux salariés une prime accessible en fonction de certains critères. Vous les aidez à y voir plus clair…

doc 1 Le pouvoir d'achat amélioré

Avenant n° 61 du 6 janvier 2022 relatif à la prime annuelle conventionnelle
Convention collective nationale de la restauration rapide du 18 mars 1988
(n° IDCC 1501)

Préambule

Dans le cadre des négociations annuelles, les partenaires sociaux ont engagé des négociations afin d'améliorer les conditions de travail des salariés du secteur de la restauration rapide. Dans ce contexte, les organisations patronales et syndicales de salariés signataires du présent avenant ont souhaité améliorer la prime annuelle conventionnelle (PAC).

Article 1er : Champ d'application

Les dispositions du présent avenant sont applicables à l'ensemble des entreprises dont l'activité principale relève du champ d'application géographique et professionnel de la convention collective nationale de la restauration rapide du 18 mars 1988 (étendue par arrêté du 24 novembre 1988, Journal officiel 13 décembre 1988 ; élargie au secteur de la restauration livrée par arrêté du 7 décembre 1993, Journal officiel du 16 décembre 1993) modifié en dernier lieu par l'avenant n° 29 du 22 juin 2001, ayant élargi le champ à la restauration livrée (étendu par arrêté du 9 octobre 2001, Journal officiel du 18 octobre 2001).

Dès lors, compte tenu de la thématique du présent accord, qui a vocation à s'appliquer à toutes les entreprises quelle que soit leur taille, les partenaires sociaux conviennent, conformément à l'article L. 2261-23-1 du code du travail, qu'il n'y a pas lieu de prévoir des dispositions spécifiques aux entreprises de moins de 50 salariés.

Article 2 : Revalorisation de la prime annuelle conventionnelle (PAC)

Les parties signataires conviennent de revaloriser les montants bruts de la prime annuelle conventionnelle, prévue à l'article 44.1 de la convention collective nationale, comme suit pour un salarié à temps plein :

Ancienneté continue dans l'entreprise	Montant brut
De 1 an à moins de 3 ans	178,5 €
De 3 ans à moins de 5 ans	242 €
De 5 ans à moins de 10 ans	326,7 €
À partir de 10 ans d'ancienneté	447,7 €

Pour les salariés à temps partiel, le montant sera calculé au prorata de leur temps de travail contractuel.

Article 3 : Dénonciation – modification

Le présent avenant, faisant partie intégrante de la convention collective nationale pour le personnel des entreprises de restauration de collectivités du 20 juin 1983, ne peut être dénoncé ou modifié qu'à condition d'observer les règles définies aux articles 2 et 3 de ladite convention collective et aux articles L. 2261-1 et suivants du Code du travail.

Article 7 : Entrée en vigueur – durée

Le présent avenant, conclu pour une durée indéterminée, entre en vigueur le premier jour du mois suivant la date de signature pour les entreprises adhérentes des syndicats patronaux signataires et le premier jour du mois suivant la publication au Journal officiel de l'arrêté d'extension pour les entreprises de la branche non adhérentes des syndicats patronaux signataires.
Fait à Paris, le 10 janvier 2022.

legifrance.gouv.fr

1 Lisez le document en surlignant les termes dont vous ne connaissez pas le sens.

2 Recherchez et notez la définition de ces termes surlignés.

3 Proposez un titre au document.

4 Relevez 4 ou 5 idées fortes du texte.

5 Sélectionnez et définissez 3 termes économiques ou juridiques présents dans le document.

PREP'exam 2

Nom ....

Prénom ....

Date ....

Les circuits d'approvisionnement

Vous travaillez en tant que serveur au restaurant *La Fourchette savoyarde*, situé à La Clusaz, en Haute-Savoie (74). Cet établissement propose une cuisine savoyarde typique et son chef, M. Perilla, est en recherche constante des meilleurs produits régionaux à cuisinier. Afin de répondre aux attentes des clients concernant l'origine des produits, vous en vérifiez la provenance. En effet, ce restaurant s'affiche comme un établissement qui utilise au maximum des circuits courts.

1 Analysez les documents d'approvisionnement (*docs 1* et *2*) puis complétez l'*annexe 1*.

doc 1 Une commande de fromages

La Fourchette savoyarde
Place de l'Église
74 220 La Clusaz
04 50 76 45 43
lafourchettesavoyarde@orange.fr

La Ferme d'Antan
Route de la Chapelle
74 230 Manigod

Commande N° 54

Date : 20 décembre 202n

Délais de livraison : 48 heures

Référence	Désignation	Unité de commande	Quantité
34	Reblochon	La pièce	12 pièces
54	Tomme lait de vache	Kg	2 kg
55	Tomme lait de chèvre	Kg	1 kg

doc 2 Une livraison de charcuterie

La Ferme de Jean
35 route du Danay
74 450 Saint Jean de Six
04 50 54 65 41

La Fourchette savoyarde
Place de l'Église
74 220 La Clusaz
lafourchettesavoyarde@orange.fr

Bon de livraison N° 675

Date de la commande : 19 décembre 202n

Date : 21 décembre 202n

Expédition : par nos soins

Franco de port

Référence	Désignation	Unité de commande	Quantité commandée	Quantité reçue	Observation
3243	Diot de Savoie	Pièce	48	48	
7648	Saucisson sec au beaufort	Kg	3	3	
9765	Jambon fumé 9 mois	Kg	5	5	
6543	Filet mignon fumé	Kg	4	4	
Observations :			Reçu le : Visa :		

annexe 1 Votre analyse des documents

	N° du document	Nom du document	Nom du client	Nom du fournisseur	N° du département du fournisseur
Doc 1					
Doc 2					

2 Vérifiez si les deux commandes passées par le restaurant (*docs 1* et 2) ont bien été effectuées auprès de producteurs locaux et justifiez votre réponse.

3 Complétez les deux canaux de distribution utilisés par le restaurant (*docs 1* et 2) en indiquant le nom des intervenants. Précisez ensuite la nature de chaque canal de distribution.

Commande de fromages | ………… → ………… → Consommateur

Canal …………

Livraison de charcuterie | ………… → ………… → Consommateur

Canal …………

4 *La Fourchette savoyarde* cuisine principalement des produits locaux. Expliquez l'intérêt pour le restaurateur et pour le consommateur de favoriser les circuits courts.

Intérêt pour le restaurateur	Intérêt pour le consommateur

PREP'exam 3

Nom ....

Prénom ....

Date ....

La démarche de développement durable, tri et gestion des déchets

Vous travaillez en tant que cuisinier au restaurant *La Table périgourdine*, situé à Vitrac, en Dordogne (24). Le responsable, M. Petit, soucieux de préserver l'environnement, désire accentuer sa démarche écoresponsable pour satisfaire une clientèle de plus en plus exigeante. Il vous demande de réaliser un inventaire des démarches déjà entreprises et d'en proposer de nouvelles pour atteindre cet objectif.

doc 1 Le petit guide des bonnes pratiques écoresponsables dans la restauration

Vous avez effectué des recherches documentaires pour proposer des actions écoresponsables à M. Petit.

L'art de lutter contre le gaspillage et les déchets en cuisine

La restauration peut jouer un grand rôle pour inverser la tendance du gaspillage.
Ainsi, en tant que restaurateurs, une bonne gestion des déchets suppose par exemple de :

- revoir la taille des assiettes pour servir une quantité adéquate et proposer des doggy bags ;
- recycler ses emballages ;
- mettre en place un compost ;
- faire des dons à des associations.

Comment gérer son établissement de manière écoresponsable ?

Le bilan carbone prend aussi en compte les émissions indirectes des restaurants. Ainsi, voici quelques idées pour la gestion des ressources dans son restaurant :

- solliciter des sources d'énergie renouvelable ;
- penser à éteindre l'ensemble des machines ;
- s'équiper d'un dispositif pour économiser l'eau.

Comment choisir ses produits ?

[...] Il est important de sélectionner les fournisseurs en fonction de vos objectifs. Ainsi, collaborer avec des producteurs locaux, qui utilisent les techniques de l'agriculture bio pour leurs produits, permet de faire évoluer la carte selon la saisonnalité et d'encourager l'économie locale. En plus de cela, vous allez réduire l'impact environnemental en diminuant les distances pour le transport des produits et les emballages.
Il peut être difficile de passer à du 100 % local, mais chaque petit engagement compte : il faut agir à son rythme.

www.hellocarbo.com, Alise Durant, juilllet 2022

1 Identifiez les actions écoresponsables déjà mises en œuvre par *La Table périgourdine*.

2 Sélectionnez dans le *doc 1* des exemples qui pourraient être mis en place dans votre restaurant.

3 Donnez d'autres exemples d'actions qui ne sont pas présentées dans le *doc 1*, mais qui seraient faciles à mettre en place dans l'établissement.

Ces actions identifiées, il est nécessaire pour *La Table périgourdine* de communiquer auprès de la clientèle pour valoriser l'engagement du restaurant vis-à-vis de l'économie circulaire.

4 Entourez les labels écoresponsables que l'établissement pourrait apposer sur sa devanture et sur les réseaux sociaux pour atteindre cet objectif.

écotable®	Indication géographique protégée	FnG Label Éco-Responsable
Garantie qualité supérieure label Rouge Décret du 12.03.96	Green Food Le label éco responsable	Association française des maîtres restaurateurs
Framheim Du sens à l'action	le Collège Culinaire de France	Bon pour le climat

PREP'exam 4

Nom ....

Prénom ....

Date ....

Les documents commerciaux

Vous travaillez dans le restaurant gastronomique *Saveurs et Couleurs* à Gordes (dans le Vaucluse). Vous y gérez les stocks de produits, de la commande à la facturation.
Votre responsable vous demande prioritairement, ce 10 mai, de vérifier la facture des fleurs comestibles achetées, puis de passer une commande d'herbes aromatiques.

1 Contrôlez la facture des fleurs comestibles commandées (*docs 1* et *3* + *annexe 1*).

2 Passez la commande des herbes aromatiques (*doc 2* + *annexe 2*).

doc 1 La commande du 03/05

Désignation	Quantité	PU HT
Fleurs de bourrache (par 20)	3	8,99
Fleurs de capucine (par 15)	3	5,99
Fleurs de courgette (par 4)	5	4,40

doc 2 Des herbes aromatiques à commander

Arômes épicerie fine Chemin de la Tour 84300 Cavaillon			Quantité	PU HT
Aneth	15 g	Réf. HAANE	90 g	3,14
Coriandre	15 g	Réf. HACOR	150 g	3,01
Estragon	15 g	Réf. HAEST	60 g	3,51

doc 3 Facture de la commande du 03/05

Bio Senteurs
9 rue du Vallon
84360 Puget

FACTURE

Restaurant Saveurs et Couleurs
Impasse du Clos
84220 Gordes

Le 07/05/202n
Facture n° 997

Commande du 03/05/202n

Référence	Désignation		Quantité	PU HT	PVHT
FCBOU	Fleurs de bourrache	par 20	4	8,99	35,96
FCCAP	Fleurs de capucine	par 15	3	8,99	26,97
FCCOU	Fleurs de courgette	par 2	5	4,40	22
				Prix total HT	84,93
				Montant TVA 20 %	16,99
				Total TTC en €	101,92 €

annexe 1 Votre contrôle de la facture n°997

Référence	Désignation	Anomalie constatée
Autres anomalies :		

annexe 2 Votre commande d'herbes aromatiques

Restaurant Saveur et Couleurs
Impasse du Clos
84220 Gordes

Le ..../202n
Bon de commande n° 474

Référence	Désignation	Quantité	PU HT	PVHT
			Prix total HT	
			Montant TVA 5,5 %	
			Prix total TTC en €	

PREP'exam 5

Nom ....

Prénom ....

Date ....

La gestion des stocks

Vous travaillez dans le restaurant *Le Clos Saint-Thomas* à Sucé-sur-Erdre, en Loire-Atlantique (44). Yvonnick Briand, le chef du restaurant, vous charge du suivi des stocks de la famille beurre-œuf-fromage (BOF). Vous vous occupez de la mise à jour des fiches de stock du beurre doux et du beurre demi-sel.

1 Complétez la fiche de stock pour le beurre doux 500 g (*docs 1* et *2* + *annexe 1*) .

2 Complétez la fiche de stock pour le beurre demi-sel 500 g (*docs 1* et *2* + *annexe 2*) .

doc 1 Bons d'entrée des beurres doux et demi-sel

BON D'ENTRÉE n°5	BON D'ENTRÉE n°7	BON D'ENTRÉE n°8	BON D'ENTRÉE n°9	BON D'ENTRÉE n°11
Date d'entrée : 02/12	Date d'entrée : 05/12	Date d'entrée : 07/12	Date d'entrée : 09/12	Date d'entrée : 12/12
Quantité : 15	Quantité : 15	Quantité : 20	Quantité : 10	Quantité : 20
Beurre doux	Beurre doux	Beurre demi-sel	Beurre doux	Beurre demi-sel
500 g	500 g	500 g	500 g	500 g

BON D'ENTRÉE n°12	BON D'ENTRÉE n°14	BON D'ENTRÉE n°18	BON D'ENTRÉE n°21	BON D'ENTRÉE n°23
Date d'entrée : 14/12	Date d'entrée : 16/12	Date d'entrée : 21/12	Date d'entrée : 23/12	Date d'entrée : 28/12
Quantité : 15	Quantité : 10	Quantité : 15	Quantité : 10	Quantité : 20
Beurre demi-sel	Beurre doux	Beurre demi-sel	Beurre doux	Beurre demi-sel
500 g	500 g	500 g	500 g	500 g

doc 2 Bons de sortie des beurres doux et demi-sel

Bon de sortie n°8 – 07/12	
	Qté
	28

Bon de sortie n°14 – 13/12	
	Qté
	23

Bon de sortie n°28 – 28/12	
Produit	Qté
Beurre doux 500 g	21

Bon de sortie n°10 – 13/12	
	Qté
	33

Bon de sortie n°16 – 20/12	
	Qté
	27

Bon de sortie n°29 – 30/12	
Produit	Qté
Beurre demi-sel 500 g	29

annexe 1 Fiche de stock beurre doux

Fiche de stock Mois : Décembre — Produit : Beurre doux – 500 g				
Date	**Libellé**	**Entrée**	**Sortie**	**Stock**
01/12	En stock			13

annexe 2 Fiche de stock beurre demi-sel

Fiche de stock Mois : Décembre — Produit : Beurre demi-sel – 500 g				
Date	**Libellé**	**Entrée**	**Sortie**	**Stock**
01/12	En stock			6

PREP'exam 6

Nom ....

Prénom ....

Date ....

Les prix et les coûts

Vous travaillez pour la maison Cotelle, charcutier traiteur situé à Versailles, dans les Yvelines (78). Votre mission du jour consiste à réaliser les quiches lorraines et à les installer en vitrine. Vous disposez de la fiche technique et de la mercuriale pour vous aider dans cette mission. Votre responsable vous demande d'appliquer un coefficient multiplicateur de 2,5 pour cette préparation.

1 Calculez le coût matière d'une quiche lorraine (*docs 1* et *2* + *annexe 1*).

2 Complétez les étiquettes prix à installer en vitrine (*annexe 2*).

doc 1 La fiche technique

FICHE TECHNIQUE

Quiche lorraine

Nombre de couverts : 8

Type de plat : Entrée chaude

DENRÉES	Unité	Quantité
Pâte brisée		
Farine type 55	Kg	0,250
Beurre	Kg	0,125
Œuf (Jaune)	Pièce	1
Farine (pour abaisser)	Kg	0,040
Beurre (pour le cercle)	Kg	0,010
Garniture		
Poitrine de porc fumée	Kg	0,250
Gruyère râpé	Kg	0,200
Appareil à crème prise salée		
Œufs (entiers)	Pièce	2
Œufs (jaunes)	Pièce	2
Lait	L	0,25
Crème fraîche légère sauces & cuissons	L	0,25
Économat		
Sel fin		Pm
Piment de Cayenne		Pm
Noix de muscade		Pm

Techniques

1. Pâte brisée
Mettre en place le poste de travail
Faire les pesées
Tamiser la farine
Faire la pâte brisée
Foncer les cercles
Réserver au frais

2. Garniture
Tailler les lardons
Blanchir les lardons
Sauter les lardons

3. Appareil à crème prise
Clarifier les œufs
Faire les pesées
Faire l'appareil à crème prise salée
Assaisonner

4. Cuisson et finition
Répartir la garniture
Remplir les quiches avec l'appareil
Cuire à four chaud (180°) pendant 30 à 35 minutes

Matériel de préparation	Matériel de cuisson	Matériel de dressage
1 tamis, 2 plaques à débarrasser, 1 grille, 1 rouleau à pâtisserie, 1 planche à découper	1 petite poêle, 1 petite russe, 2 cercles de 18 cm de diamètre, 2 plaques à pâtisserie	1 plat rond avec papier gaufré et carton rigide

doc 2 La mercuriale

MERCURIALE					
Référence	**Désignation**	**Famille**	**Unité de vente**	**PU HT en €**	**Founisseur**
EC-55	Farine type 55	Économat	KG	0,68	Agidra
BOF-6	Beurre	B.O.F.	KG	8,30	Min Rungis
BOF-1	Œuf	B.O.F.	Pièce	0,16	Min Rungis
BOF-8	Lait	B.O.F.	L	1,34	Min Rungis
BOF-7	Crème fraîche	B.O.F.	L	5,40	Min Rungis
BOF-12	Gruyère râpé	B.O.F.	KG	7,95	Min Rungis
CHT-15	Poitrine de porc fumée	Charcuterie	KG	6,19	Alim-Distrib.com

annexe 1 Le coût matière

Denrée	Quantité	PU HT	Détail du calcul	Total en €
Œufs	5	0,16	5 × 0,16	0,80

annexe 2 Les étiquettes prix de chez Cotelle

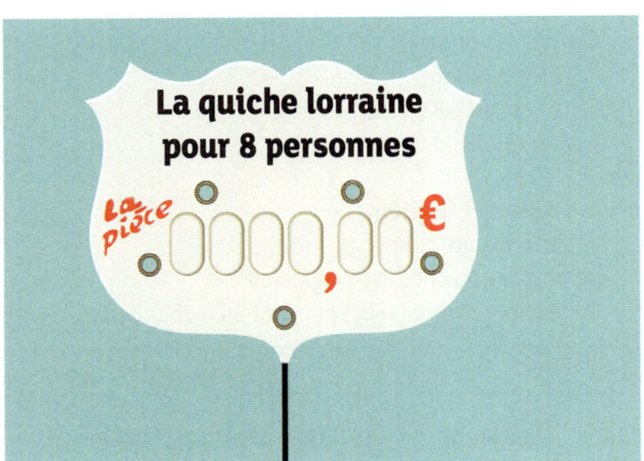

Détail du calcul : ....

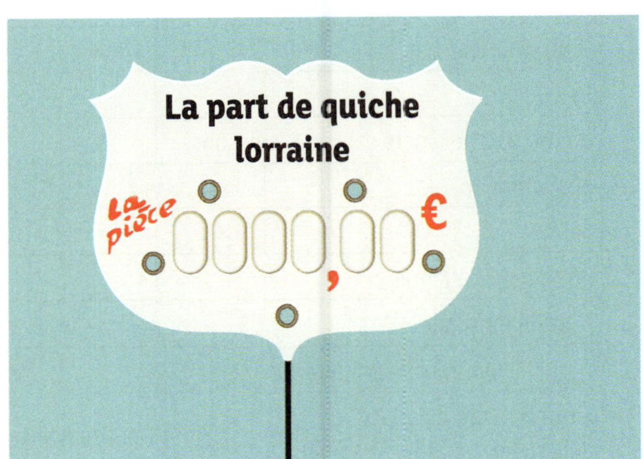

Détail du calcul : ....

Nom ....

Prénom ....

Date ....

PREP'exam 7

L'argumentation de vente

Vous travaillez comme serveur au restaurant *La Marina*, un restaurant gastronomique installé sur une péniche. Votre chef de rang vous explique que la clientèle, devenue plus exigeante, veut savoir exactement ce qu'on met dans son assiette pour retrouver le vrai goût des aliments et consommer de manière responsable des produits de qualité.
Vous prenez donc conscience qu'il faut valoriser les produits de la carte et préparer un argumentaire solide.

ALIMENTATION DURABLE

doc 1 Votre carte sur le bout des doigts !

Péniche La Marina

Restaurant

ENTRÉES

Salade de roquette au citron
Poulet à la créole
Salade Caprese

PLAT PRINCIPAL

Tournedos Rossini :
Bœuf Charolais Label rouge, foie gras fait maison, truffes du Périgord, sauce madère

Carré d'agneau rôti au primeur :
Agneau de Pauillac IGP (indication géographique protégée), petits légumes nouveaux (petits pois, haricots verts, carottes et navets), jus en saucière.

Darne de colin pochée beurre fondu AOP :
Tranche de colin, sauce mousseline au beurre AOP (appellation d'origine protégée), pommes vapeur persillées.

DESSERT

Tartuffo Cappuccino
Gelée au chocolat
Mini-pâtisseries françaises aux fruits

1 À partir du *doc 1* et de vos connaissances, cochez les caractéristiques principales utiles pour votre projet d'argumentation commerciale.

Caractéristiques des produits à valoriser	Oui	Non
L'origine des produits.		
Les labels de qualité.		
Le prix des menus.		
La texture des mets.		
Le mode de cuisson des mets.		
L'aspect traditionnel des produits (agneau de Pauillac, beurre AOP...).		
Les spécificités gustatives (sucré, salé, acidulé, relevé, subtil...).		

2 Relevez les différents signes officiels de qualité ou d'origine présentés dans cette carte.

....

....

3 Reformulez les arguments suivants en utilisant un vocabulaire précis et vendeur pour susciter l'envie de vos clients.

Phrases à reformuler	Caractéristiques des produits de la carte	Reformulation vendeuse
« Ce plat est à base d'agneau de Pauillac, c'est une très bonne viande, vous verrez. »	Viande Label rouge, agneau de lait, élevage traditionnel, produit saisonnier	« Le carré d'agneau est issu d'un agneau de Pauillac, une viande saisonnière reconnue pour sa saveur et sa qualité supérieure grâce à son label IGP, c'est une valeur sûre. »
« La roquette est une sorte de salade qui a du goût. »	Saveur poivrée et piquante.	....
« C'est un plat accompagné d'une sauce faite à base de beurre, je vous le conseille. »	Beurre AOP du Poitou-Charentes, texture fine et onctueuse.	....
« En accompagnement de ce plat, il y a des pommes de terre cuites et des morceaux de persil dessus. »	Pommes de terre cuites à la vapeur, persil haché, ail.	....

4 Rédigez les arguments nécessaires pour valoriser les trois plats de la carte en vous aidant du *doc 1*, de votre cahier de recettes ou d'Internet.

Nature des plats	Votre proposition de plat argumentée
	....
	....
	....

PREP'exam 8

Nom ....

Prénom ....

Date ....

La facturation

Vous travaillez au sein du village de vacances *La Faune et la Flore* situé à Aubenas, en Ardèche (07). Aujourd'hui, votre responsable vous charge de facturer les prestations de la clientèle.
M. Pedro Sanchez et sa fille, dont le séjour se termine, se présentent à l'accueil.

1 Établissez la facture de Pedro Sanchez (*docs 1* et *2* + *annexe 1*).

doc 1 Les prestations du séjour de Pedro Sanchez

M. Pedro Sanchez Route de la forêt de la Robertsau 67000 Strasbourg		Séjour du **01/07** au **10/07/202n**
Prestations	**Location d'un bungalow pour 2 personnes**[1]	89 € HT la nuitée
	Excursion écovillage	124 € HT par personne (gratuit pour les moins de 10 ans)
	2 paniers de produits bio	29 € HT le panier
	Location de vélos pour 2 personnes pendant 1 jour	34 € HT par jour et par personne
1. La taxe de séjour est de 0,90 euros par jour et par personne.		
Facture d'avoir : vélos défectueux lors de la sortie.		

doc 2 Les taux de TVA applicables en France

5,5%	Produits alimentaires Livres
10 %	Hébergement Excursion Restauration
20 %	Location de vélos Séance aromathérapie

annexe 1 **La facture de Pedro Sanchez**

Village de vacances *La Faune et la Flore*
Route des Lisières
07200 Aubenas
04 00 30 20 10

FACTURE

....
....
....

Facture n° 4789

Date : ....

Prestations	PU HT	Quantité	Total HT en €	TVA	Montant TVA	Total TTC
Location bungalow pour 2 personnes du 01/07 au 10/07/2022	89	9	801	10 %	80,10	881,10
....	....	....	....	....	....	....
....	....	....	....	....	....	....
....	....	....	....	....	....	....
....	....	....	....	....	....	....
TOTAL			....		....	....
TOTAL TTC en €						....

Comme Pedro Sanchez est un client régulier, vous lui proposez une facture d'avoir pour le dédommager de l'incident lié aux vélos défectueux. Cette facture viendra en déduction sur le montant de son prochain séjour, ce qu'il accepte volontiers.

2 Établissez la facture d'avoir de Pedro Sanchez (**docs 1** et **2** + **annexe 2**).

annexe 2 **Une facture à faire valoir**

Village de vacances *La Faune et la Flore*
Route des Lisières
07200 Aubenas
04 00 30 20 10

FACTURE D'AVOIR

....
....
....

Avoir n° 127

Date : ....

Prestations	PU HT	Quantité	Total HT	TVA	Montant TVA	Total TTC[1]
Location vélos 2 pers. pendant 1 jour	....	....	....	....	....	....
TOTAL TTC en €			....		....	....

Nom ....

Prénom ....

Date ....

PREP'exam 9

La prise de congé et le traitement des réclamations

En tant que responsables du restaurant *Le Ch'ti Marché de Lens*, Émilie et Grégory, deux jeunes entrepreneurs du Nord-Pas-de-Calais, souhaitent former leurs employés aux réactions d'éventuels clients mécontents ainsi qu'à leurs réclamations. Ils vous proposent de vous entraîner à répondre à ces possibles désaccords.

1 Prenez connaissance du ***doc 1***, puis proposez pour chaque réclamation une réponse adaptée (***annexe 1***).

doc 1 Comment réagir face au mécontentement ?

En face à face
- Écouter le client mécontent.
- Ne pas être pas sur la défensive.
- Baisser le ton de votre voix, par égard pour les autres clients de l'établissement qui pourraient se sentir gênés d'assister à une contestation trop vive.
- Reformuler la demande du client mécontent.
- Présenter une solution.
- Maintenir des limites acceptables.
- Ne rien prendre personnellement.

À l'écrit
- Reconnaître l'objet de la réclamation (être en accord avec le client).
- Expliquer ce qui a entraîné cette situation ou cet incident.
- Traiter la réclamation en proposant une solution, ou éventuellement un geste commercial qui montre au client que l'on prend son mécontentement très au sérieux.
- Remercier son client et lui préciser que sa réclamation fait progresser l'établissement.

Attention, il ne faut pas confondre une réclamation et une objection :
– une **réclamation** client est une insatisfaction ou un mécontentement que le client exprime ***après*** avoir effectué son achat ;
– l'**objection** est une réaction ou un questionnement formulé par le client ***avant*** son achat.

annexe 1 Des réclamations courantes mais traitées

1 Un avis sur Internet

★ ☆ ☆ ☆ ☆

Magali Dupont

La serveuse a mis plus de trente minutes à s'occuper de nous.

Ensuite, lorsque les plats sont arrivés, il manquait les frites dans mon assiette et je n'ai pas pu manger en même temps que mes amis. Je déconseille vivement cet établissement !

Votre proposition de réponse :

2 Une réclamation par courrier

« Madame, Monsieur,

Par ce courrier, en tant que client fidèle je vous informe que je suis très déçu de ma dernière visite. En me déplaçant pour manger chez vous avec mes amis, l'employée à la réception nous a indiqué que le restaurant était complet. Le ton sec et méprisant de cette personne ne nous incitera certainement plus à remettre les pieds chez vous ! »

Votre proposition de réponse :

3 Une réclamation en face à face

Un client se présente devant vous ; il semble particulièrement énervé, car il est très pressé et a le sentiment d'être oublié.

Votre proposition de réponse :

Lexique

A

Addition : note qui reprend le détail et le total des dépenses réalisées par un client au restaurant.

Alimentation durable : alimentation viable sur le plan économique et social, qui préserve l'environnement, la santé ainsi que la diversité culturelle.

Application mobile : logiciel applicatif développé pour un appareil électronique mobile (smartphone, tablette...).

Argumentaire de vente : série d'éléments de langage qui permettent à un vendeur de bien présenter un produit ou un service dans le but de réaliser des ventes. L'argumentaire de vente présente les avantages du produit ou du service proposé au client.

Auberge : maison d'hébergement touristique de type hôtelier qui propose aux voyageurs et aux touristes un logement temporaire (le plus souvent une chambre) contre un paiement.

Audit d'un restaurant : contrôle réalisé afin de vérifier que les règles (hygiène, stratégies de l'enseigne, lois...) y sont bien respectées.

Avis client : retour effectué par un client à la suite d'une expérience vécue avec une entreprise.

B

Bad buzz : phénomène de bouche à oreille négatif qui se répand et peut entraîner une mauvaise réputation.

Besoin : sentiment de manque, parallèle à la notion de désir, que l'individu cherche à faire disparaître par la consommation d'un bien ou d'un service. Par exemple, le besoin de découvrir de nouvelles saveurs peut être contenté en allant au restaurant.

Biodéchets : ensemble des déchets alimentaires provenant des ménages, des restaurants, du commerce de gros, des cantines, des traiteurs ou des magasins de vente au détail.

Borne interactive : borne multimédia accessible pour les clients d'un commerce et qui permet de naviguer dans un contenu (informations, catalogue, avis...) à l'aide d'un écran tactile ou d'une molette cliquable.

Branche professionnelle : regroupement des entreprises du même secteur d'activité qui produisent ou vendent les mêmes produits (par exemple : ameublement, automobiles, alimentation...).

Brigade : ensemble du personnel de salle ou de cuisine. Chaque membre de la brigade a une fonction précise à remplir et une place dans la hiérarchie de l'établissement. La composition d'une brigade de restaurant dépend entièrement du type d'entreprise.

C

Canal de communication : moyen par lequel une information est transmise. Il peut s'agir par exemple d'un réseau social, d'un journal, d'un SMS...

Canal de distribution : chemin suivi par un produit du producteur au consommateur. Plus les intermédiaires sont nombreux, plus le canal est long.

CAP : acronyme de « caractéristique, avantage et preuve », cette méthode consiste à structurer ses arguments de vente pour convaincre un client en démontrant comment les caractéristiques d'un produit produisent des avantages et des bénéfices pour lui.

Capital social : somme d'argent et de biens mis à la disposition d'une entreprise lors de sa création.

Caractéristique : les caractéristiques d'un produit désignent l'ensemble des spécificités qui constituent le caractère distinctif du produit, par exemple sa couleur, sa texture, ses spécificités gustatives...

Carte de fidélité : outil marketing qui permet à une enseigne de fidéliser un client.

Chiffre d'affaires (CA) : montant total des ventes effectuées sur une période donnée (par exemple une journée, une semaine ou une année).

Circuit court : parcours de distribution de produits où il y a très peu d'intermédiaires (un au maximum). C'est le cas, par exemple, lorsqu'un restaurateur achète ses produits frais directement chez le producteur local.

Circuit de distribution : ensemble des canaux de distribution utilisés par une entreprise pour s'approvisionner en produits et services. Le plus souvent, l'entreprise a recours à plusieurs circuits de distribution différents en même temps.

Client : personne physique ou morale qui achète des biens ou des services à un fournisseur.

Coefficient multiplicateur : utilisé dans les restaurants, les bars et par les traiteurs, le coefficient multiplicateur permet de déterminer le prix de vente d'un plat en fonction de son coût matière.

Communication non verbale : manière de communiquer avec autrui autrement que par l'expression des mots. La communication non verbale désigne ainsi l'ensemble du langage corporel (gestuelle, expressions du corps ou du visage...).

Communication verbale : transmission de messages par l'utilisation du langage à travers les mots et/ou la parole.

Compost : engrais issu de la décomposition de matières organiques.

Congés : période durant laquelle le salarié est autorisé à ne pas effectuer son contrat de travail tout en conservant ses avantages (notamment son salaire).

Congés hebdomadaires : période de repos de 24 heures qui se répète chaque semaine.

Consommation responsable : mode de consommation qui prend en compte les critères du développement durable, c'est-à-dire une consommation qui soit à la fois respectueuse de l'environnement et bénéfique pour l'économie (consommer local), bonne pour la santé, mais aussi positive pour la société.

Contrat de travail : un contrat de travail existe dès lors qu'une personne (le salarié) s'engage à travailler, moyennant rémunération, pour le compte et sous le contrôle d'une autre personne (l'employeur).

Convention collective : document essentiel qui réglemente les relations de travail dans une entreprise, une branche professionnelle ou même pour l'ensemble des salariés.

Coût d'achat : prix d'achat des marchandises augmenté des frais d'achats (transports...).

Coût de revient : ensemble des coûts supportés par une entreprise afin de produire un bien ou un service.

Coût matière : coût de tous les ingrédients entrant dans la fabrication d'un produit final.

D

Date limite de consommation (DLC) : date à partir de laquelle un produit n'est plus consommable et représente un risque pour la santé, caractérisée par la mention « à consommer jusqu'au [...] ».

Date de durabilité minimale (DDM) : date caractérisée par la mention « à consommer de préférence avant le [...] ».

Découverte client : phase de la vente où le vendeur pose une série de questions afin de découvrir les besoins de son client.

Démission : rupture du contrat de travail à l'initiative du salarié.

Détaillant : commerçant qui pratique la vente au détail.

Développement durable : développement qui répond aux besoins présents de la population sans compromettre les besoins des générations futures.

Digitalisation : action qui consiste à utiliser les outils numériques pour certaines tâches dans l'entreprise (par exemple : utilisation d'une borne de commande tactile dans un restaurant, site internet, recours aux réseaux sociaux...).

Donnée personnelle : toute information se rapportant à une personne physique identifiée ou identifiable.

E

Échéance : fin d'une période.

Échelon : grade qui détermine les conditions de salaire et la classification des salariés selon une convention collective.

Économie circulaire : pratique qui consiste à produire des biens et des services de manière durable en limitant la consommation et le gaspillage des ressources et la production des déchets. Il s'agit de passer d'une société du « tout jetable » à un modèle économique plus circulaire.

Écoute active : technique qui consiste à être attentif à chaque détail du message (verbal ou non) transmis par le client. L'écoute active permet de lui faire savoir que votre attention se focalise sur lui et que vous avez entendu et compris son message.

Emballage : contenant destiné à protéger et à faciliter le transport d'un produit.

Employeur : personne qui emploie un ou plusieurs salariés.

Empreinte carbone : indicateur qui permet de mesurer l'impact environnemental d'une activité, notamment les émissions de gaz à effet de serre qui sont responsables du réchauffement climatique.

Enquête de satisfaction : pratique qui consiste à recueillir, grâce à un questionnaire ou à un sondage, les avis de ses clients et à mesurer leur taux de satisfaction.

E-réputation : image renvoyée ou subie par une entreprise sur Internet, (par exemple sur les moteurs de recherche, les plateformes d'avis, les réseaux sociaux...).

Esprit critique : attitude qui consiste à examiner attentivement une donnée avant de la prendre pour acquise.

Esprit d'équipe : attitude qui consiste à travailler avec d'autres collaborateurs en faisant preuve de solidarité et de bienveillance.

Essor : développement rapide d'une activité au sein d'une entreprise.

Éthique : ensemble des principes moraux qui sont à la base de la conduite de quelqu'un. Par exemple, consommer de façon éthique signifie acheter des produits cultivés, fabriqués et transformés de manière à ne pas avoir un impact négatif sur l'environnement ou les êtres humains.

F

Facture : document qui atteste l'achat d'un bien ou d'un service.

Fast-good : concept de restauration rapide (*fast-food*), mais de qualité.

Fidélisation : ensemble des moyens utilisés par une entreprise pour créer et gérer une relation durable et personnelle avec chacun de ses clients.

Flexibilité : qualité permettant de s'adapter à certains changements ou à certaines circonstances.

Flyer : support de communication papier (tract, prospectus...) qui sert à promouvoir un produit, une entreprise ou un événement.

Food court : espace partagé où sont réunis plusieurs restaurants qui proposent des spécialités variées.

G

Gaspillage alimentaire : fait de jeter des aliments qui étaient destinés à la consommation.

Gestion des stocks : pratique qui consiste à planifier les commandes et à gérer aux mieux les entrées et sorties des produits stockés afin d'éviter le surstockage ou la rupture de stock.

Gourmet bag (ou doggy bag) : emballage destiné à emporter les restes de nourriture servie dans un restaurant.

Grossiste : commerçant qui pratique la vente en grosse quantité. C'est un intermédiaire entre le producteur et le détaillant.

H

Hiérarchie : organisation sociale fondée sur des rapports de subordination.

I

IGP (indication géographique protégée) : signe d'identification de l'Union européenne qui désigne des produits dont la qualité ou la réputation est liée au lieu géographique de production, de transformation ou d'élaboration. Par exemple : le jambon de Bayonne, le sel de Guérande, la truffe du Périgord...

Inflation : augmentation générale des prix des biens et des services dans une économie.

Interlocuteur (trice) : personne qui dialogue avec une autre pour transmettre une information ou un message.

Intranet : réseau informatique interne à une entreprise qui utilise les fonctions d'Internet.

Impôt : prélèvement que l'État opère sur les personnes et les entreprises pour financer les dépenses publiques.

Impôt sur le revenu : impôt direct prélevé auprès d'une personne ou d'une entreprise et calculé en fonction de ses revenus.

Impôt sur les sociétés : impôt direct payé par une société et qui tient compte de ses bénéfices.

L

Label : marque ou signe spécial créé par un syndicat professionnel ou un organisme public et apposé sur un produit destiné à la vente pour en certifier l'origine et en garantir la qualité et la conformité avec les normes de fabrication.

Langage positif : ensemble des expressions, des mots et des gestes qui renvoient un état d'esprit positif dans la relation client.

Licenciement : rupture du contrat de travail à l'initiative de l'employeur.

Locavore : personne qui consomme des produits alimentaires locaux.

Loi : règle définie par le Parlement français (l'Assemblée nationale et le Sénat).

M

Main-d'œuvre : ensemble des salariés d'une entreprise.

Marché : lieu de rencontre entre les offreurs (les vendeurs) et les demandeurs (les acheteurs).

Marge commerciale : différence entre le montant des ventes de marchandises et le coût d'achat de ces marchandises.

Mercuriale : liste des prix des denrées alimentaires sur un marché ou auprès d'un fournisseur.

Méthanisation : transformation naturelle des matières organiques (biodéchets) en biogaz. Le méthane peut ensuite être utilisé comme une énergie renouvelable.

Mobile d'achat : raison qui pousse un client à acheter un bien ou un service. On peut généralement grouper les mobiles d'achat en 7 catégories symbolisées par le sigle SONCASE : la sécurité, l'orgueil, la nouveauté, le confort, l'argent, la sympathie et l'environnement (ou l'écologie).

Moteur de recherche : application informatique qui permet d'effectuer des recherches sur Internet.

N

Newsletter : lettre d'information périodique d'un site internet.

Note de service : outil de communication interne à l'entreprise à destination des salariés.

O

Objection : avis que l'on met en avant pour ne pas faire quelque chose, par exemple pour ne pas acheter.

Organigramme : représentation sous forme de schéma des liens entre des éléments ou des individus.

Outils de communication : ensemble de moyens ou de supports qui permettent la transmission d'informations.

P

Panier moyen : montant moyen dépensé par un client lors d'un achat en ligne ou dans un commerce.

Parrainage : action pour un client fidèle à une enseigne de la faire découvrir à son entourage. Dans la plupart des cas, le parrain et le parrainé peuvent obtenir un avantage de la part de l'enseigne.

Patrimoine : ensemble des biens (meubles et immeubles) possédés par une personne, une famille, une entreprise.

Pénurie : situation de manque d'un produit (par exemple la moutarde, récemment), d'une ressource naturelle (par exemple l'essence) ou d'un service (par exemple le réseau téléphonique).

Période d'essai : période située au début d'un contrat de travail qui permet à l'employeur d'apprécier les compétences du nouvel embauché et au salarié de confirmer que le poste lui convient.

Polyvalence : capacité à s'adapter à plusieurs fonctions.

Prestation : travail exécuté afin de respecter un contrat. Par exemple, une coupe de cheveux réalisée par un coiffeur est une prestation de service.

Prise de congé : période située à la fin d'un entretien de vente qui consiste à remercier son client et à terminer la relation.

Producteur : personne ou entreprise qui produit un bien ou un service. Le producteur est le premier maillon de la chaîne de distribution.

Promotion : ensemble des techniques commerciales qui visent à mettre en avant un produit ou une marque.

R

Réceptionniste en hôtellerie : employé qui procède à l'accueil et à la prise en charge des clients, qui gère les entrées et sorties des clients ainsi que le planning de réservation.

Réchauffement climatique : augmentation générale des températures qui perturbe l'équilibre naturel de la Terre et qui provoque des changements climatiques graves (sécheresse, inondations, fonte des glaciers...).

Réclamation : expression ou manifestation d'une insatisfaction de la part d'un client au sujet d'un achat déjà effectué.

Recyclage : traitement des déchets en vue de fabriquer d'autres produits afin de réduire la pollution.

Reformulation : pratique de communication qui consiste à reprendre les propos du client de façon synthétique pour s'assurer de l'avoir bien compris et s'assurer qu'il n'y ait pas d'erreur sur sa commande.

Régime fiscal : type d'imposition auquel une entreprise est soumise. En fonction de son statut, il peut s'agir de l'impôt sur le revenu ou de l'impôt sur les sociétés.

Régime social : régime auquel sont affiliés les particuliers pour les soins médicaux, les accidents du travail, la retraite...

Règle des « 4 × 20 » : technique commerciale utilisée pour favoriser une relation de qualité avec son client. Elle repose sur 4 règles : soigner les 20 premières secondes, les 20 premiers gestes, les 20 premiers mots et les 20 premiers centimètres du visage (en référence au sourire).

Rémunération : revenu perçu en contrepartie d'un travail.

Responsabilité : obligation de répondre de ses actes.

Restauration collective : entreprise qui produit et sert des repas à prix modérés aux collectivités (hôpital, école, entreprise...).

Restauration commerciale : entreprise qui produit et sert des repas et dont le but est de gagner de l'argent.

Restauration hors domicile : mode de restauration qui se fait en dehors du domicile. Elle regroupe les restaurations collective et commerciale.

Rupture conventionnelle : rupture du contrat de travail à l'initiative de l'employeur ET du salarié (accord commun).

Rupture de stock : épuisement provisoire d'un stock de produits ou de fournitures.

S

Saisonnier : travailleur employé pour une durée limitée pour faire face à une activité plus intense en fonction des saisons et qui se répète chaque année.

Salarié : personne qui travaille en échange d'un salaire et sous les ordres d'un employeur.

Satisfaction client : état de contentement d'un consommateur après l'achat d'un produit ou d'un service.

Secteur économique : regroupement d'activités qui apparaissent comme semblables. On distingue trois secteurs économiques : le secteur primaire (l'exploitation des ressources naturelles), le secteur secondaire (les activités industrielles) et le secteur tertiaire (composé du reste, notamment des services). Le secteur des hôtels, cafés et restaurants appartient au secteur tertiaire.

Service : un service est défini comme une mise à disposition d'une prestation.

Service commercial : groupement de salariés au sein d'une entreprise chargé de traiter les réclamations, de développer la clientèle par le biais d'offres et d'étudier le comportement des acheteurs.

Stock : quantité de marchandises situés en réserve.

Syndicat : association de personnes qui œuvrent pour la défense des intérêts professionnels communs auprès des travailleurs.

T

Taxe sur la valeur ajoutée (TVA) : impôt indirect payé par les consommateurs et collecté par les entreprises.

Technique entonnoir : technique de vente qui aide à structurer la découverte du client et qui consiste à le questionner en allant du général au plus précis.

Traçabilité : possibilité de suivre un produit tout au long de sa chaîne de fabrication, de sa production à sa commercialisation.

Traiteur : restaurateur et plus généralement professionnel des métiers de bouche qui prépare des plats à emporter et/ou qui les livre à domicile.

Typologie : méthode qui consiste à regrouper des clients ayant des caractéristiques ou des comportements de consommation semblables pour leur proposer des produits adaptés.

V

Vente additionnelle : technique de vente qui consiste à proposer un produit supplémentaire et complémentaire lors de l'achat du produit principal.

Crédit iconographique

p. 7	ph ©	Drazen/stock.adobe.com
p. 8 a	ph ©	vectorfusionart/stock.adobe.com
p. 8 b	ph ©	Gorodenkoff/stock.adobe.com
p. 8 c	ph ©	Andrii/stock.adobe.com
p. 8 d	ph ©	DC Studio/stock.adobe.com
p. 8 e	ph ©	WavebreakMediaMicro/stock.adobe.com
p. 9 a	ph ©	LIGHTFIELD STUDIOS/stock.adobe.com
p. 9 b	ph ©	Pixel-Shot/stock.adobe.com
p. 9 c	ph ©	6okean/stock.adobe.com
p. 9 d	ph ©	fesenko/stock.adobe.com
p. 9 e	ph ©	New Africa/stock.adobe.com
p. 9 f	ph ©	New Africa/stock.adobe.com
p. 9 g	ph ©	Kalim/stock.adobe.com
p. 9 h	ph ©	New Africa/stock.adobe.com
p. 11 hg	ph ©	Kzenon/stock.adobe.com
p. 11 bg	ph ©	Kamdi/stock.adobe.com
p. 11 d	ph ©	juniart/stock.adobe.com
p. 12 a	ph ©	zinkevych/stock.adobe.com
p. 12 b	ph ©	Adi/stock.adobe.com
p. 12 c	ph ©	CandyBox Images/stock.adobe.com
p. 12 d	ph ©	Halfpoint/stock.adobe.com
p. 12 e	ph ©	Heorshe/stock.adobe.com
p. 12 f	ph ©	New Africa/stock.adobe.com
p. 12 g	ph ©	wavebreak3/stock.adobe.com
p. 12 h	ph ©	Jacob Lund/stock.adobe.com
p. 13	ph ©	Seahorsevector/stock.adobe.com
p. 15 m	ph ©	Southworks/stock.adobe.com
p. 15 h	ph ©	Frédéric Massard/stock.adobe.com
p. 16 dh	ph ©	Visual Generation/stock.adobe.com
p. 16 gh	ph ©	Damir Khabirov/stock.adobe.com
p. 16 gm	ph ©	Gorodenkoff/stock.adobe.com
p. 16 gm	ph ©	F8 \ Suport Ukraine/stock.adobe.com
p. 17 h	ph ©	Bro Vector/stock.adobe.com
p. 17 m	ph ©	radovlad/stock.adobe.com
p. 17 b	ph ©	VectorMine/stock.adobe.com
p. 18 a	ph ©	eyewave/stock.adobe.com
p. 18 b	ph ©	Richard Villalon/stock.adobe.com
p. 18 c	ph ©	oraziopuccio/stock.adobe.com
p. 18 d	ph ©	fotomaster/stock.adobe.com
p. 18 e	ph ©	Hyrma/stock.adobe.com
p. 18 f	ph ©	antpkr/stock.adobe.com
p. 19	ph ©	davit85/stock.adobe.com
p. 21 hm	ph ©	cons-Studio/stock.adobe.com
p. mg	ph ©	maicasaa/stock.adobe.com
p. md	ph ©	Brad Pict/stock.adobe.com
p. 22	ph ©	Miha Creative/stock.adobe.com
p. 23	ph ©	djile/stock.adobe.com
p. 24 h	ph ©	mushakesa/stock.adobe.com
p. 24 b	ph ©	JHVEPhoto/stock.adobe.com
p. 25 a	ph ©	Pixel-Shot/stock.adobe.com
p. 25 b	ph ©	oneinchpunch/stock.adobe.com
p. 25 c	ph ©	WideAwake/stock.adobe.com
p. 25 d	ph ©	djile/stock.adobe.com
p. 25 e	ph ©	Kadmy/stock.adobe.com
p. 27	©	André-Philippe Côté
p. 28 h	ph ©	Bro Vector/stock.adobe.com
p. 28 b	ph ©	Robert Kneschke/stock.adobe.com
p. 29	ph ©	generationclash/stock.adobe.com
p. 31	ph ©	exclusive-design/stock.adobe.com
p. 32 g	ph ©	sashazerg/stock.adobe.com
p. 32 d	ph ©	spirenko/stock.adobe.com
p. 32 m	ph ©	Kzenon/stock.adobe.com
p. 33 hd	ph ©	vectorfusionart/stock.adobe.com
p. 33 mg	ph ©	Smileus/stock.adobe.com
p. 33 bg	ph ©	S. Leitenberger/stock.adobe.com
p. 33 bm	ph ©	Alexandr Blinov/stock.adobe.com
p. 35	©	Saive-Bamboo Edition/ Propriété Ademe - gourmetbag.fr
p. 36 a	ph ©	Toon Photo Memory/stock.adobe.com
p. 36 b	ph ©	eyetronic/stock.adobe.com
p. 36 c	ph ©	Dmitry Kovalchuk/stock.adobe.com
p. 36 d	ph ©	Ascannio/stock.adobe.com
p. 36 e	ph ©	airborne77/stock.adobe.com
p. 36 f	ph ©	AlenKadr/stock.adobe.com
p. 36 g	ph ©	Patryssia/stock.adobe.com
p. 37 h	ph ©	MARIIA/stock.adobe.com
p. 37 m	ph ©	M.studio/stock.adobe.com
p. 37 b	ph ©	adisa/stock.adobe.com
p. 39	ph ©	AntonioDiaz/stock.adobe.com
p. 41 g	ph ©	LIGHTFIELD STUDIOS/stock.adobe.com
p. 41 d	ph ©	djvstock/stock.adobe.com
p. 42 hg	ph ©	dacianlogan/stock.adobe.com
p. 42 hd	ph ©	Александра Гвардейце/stock.adobe.com
p. 42 b	ph ©	dacianlogan/stock.adobe.com
p. 43	ph ©	Friends Stock/stock.adobe.com
p. 44 h	ph ©	Givaga/stock.adobe.com
p. 44 b	ph ©	SENRYU/stock.adobe.com
p. 46	ph ©	Diki/stock.adobe.com
p. 47	ph ©	Syda Productions/stock.adobe.com
p. 48	ph ©	Syda Productions/stock.adobe.com
p. 48 h	ph ©	Syda Productions/stock.adobe.com
p. 48 b	ph ©	Nestor/stock.adobe.com
p. 51	ph ©	Syda Productions/stock.adobe.com
p. 52 d	ph ©	DragonImages/stock.adobe.com
p. 52 g	ph ©	flowertiare/stock.adobe.com
p. 53 h	ph ©	castecodesign/stock.adobe.com
p. 53 m	ph ©	ALF photo/stock.adobe.com
p. 53 b	ph ©	GulyaevStudio/stock.adobe.com
p. 56 h	ph ©	La Poissonnerie gourmande
p. 56 m	ph ©	La Poissonnerie gourmande
p. 53 b	ph ©	La Poissonnerie gourmande
p. 57 hg	ph ©	xartproduction/stock.adobe.com
p. 57 hd	ph ©	davit85/stock.adobe.com
p. 57 m	ph ©	La Poissonnerie gourmande
p. 58	ph ©	La Poissonnerie gourmande
p. 59 h	ph ©	La Poissonnerie gourmande
p. 59 bg	ph ©	EdNurg/stock.adobe.com
p. 59 bd	ph ©	JackF/stock.adobe.com
p. 60 a	ph ©	m_________k_____/stock.adobe.com
p. 60 b	ph ©	NaDo_Krasivo/stock.adobe.com
p. 60 c	ph ©	ArtoBarto/stock.adobe.com
p. 60 d	ph ©	Mimi Potter/stock.adobe.com
p. 60 e	ph ©	franz massard/stock.adobe.com
p. 61	ph ©	Ô Prestige
p. 62 a	ph ©	gpointstudio/stock.adobe.com
p. 62 b	ph ©	Maksym Azovtsev/stock.adobe.com
p. 62 c	ph ©	Jacob Lund/stock.adobe.com
p. 62 d	ph ©	WavebreakMediaMicro/stock.adobe.com
p. 62 e	ph ©	WavebreakMediaMicro/stock.adobe.com
p. 65	ph ©	jessicaphoto/istockphoto.com
p. 66	ph ©	VectorRocket/stock.adobe.com
p. 67 a	ph ©	ONYXprj/stock.adobe.com
p. 67 b	ph ©	Kit8 d.o.o. /stock.adobe.com
p. 67 c	ph ©	4zevar/stock.adobe.com
p. 67 d	ph ©	svtdesign/stock.adobe.com
p. 67 e	ph ©	Ukraine_is_my_home/stock.adobe.com
p. 69	ph ©	Richard Villalon/stock.adobe.com
p. 70	ph ©	Monkey Business/stock.adobe.com
p. 71 h	ph ©	JHVEPhoto/stock.adobe.com
p. 71 m	ph ©	auremar/stock.adobe.com
p. 72	ph ©	childrendrawings/stock.adobe.com
p. 73	ph ©	kovalenkovpetr/stock.adobe.com
p. 75 a	ph ©	mariesacha/stock.adobe.com
p. 75 b	ph ©	Krakenimages.com/stock.adobe.com
p. 75 c	ph ©	Seventyfour/stock.adobe.com
p. 75 d	ph ©	producer/stock.adobe.com
p. 75 e	ph ©	agongallud/stock.adobe.com
p. 77	ph ©	JackF/stock.adobe.com
p. 78	ph ©	Golden Sikorka/stock.adobe.com
p. 79	ph ©	CandyBox Images/stock.adobe.com
p. 81	ph ©	JackF/stock.adobe.com
p. 83	ph ©	weyo/stock.adobe.com
p. 85	ph ©	Crododile
p. 86	ph ©	Hanna/stock.adobe.com
p. 87	ph ©	Anastasiia/stock.adobe.com
p. 88	ph ©	nazarkru/stock.adobe.com
p. 89	ph ©	Richard Villalon/stock.adobe.com
p. 90 h	ph ©	BillionPhotos.com/stock.adobe.com
p. 90 m	ph ©	Cookie studio/stock.adobe.com
p. 90 b	ph ©	mimagephotos/stock.adobe.com
p. 91	©	Göurmi
p. 93	ph ©	Syda Productions/stock.adobe.com
p. 94	ph ©	davit85/stock.adobe.com
p. 95 h	ph ©	pressmaster/stock.adobe.com
p. 95 b	ph ©	ivector/stock.adobe.com
p. 97	ph ©	nenetus/stock.adobe.com
p. 99	ph ©	Rawpixel.com/stock.adobe.com
p. 103 h	ph ©	FOTOSPLASH/stock.adobe.com
p. 103 b	ph ©	vpif/stock.adobe.com
p. 104 h	ph ©	Rudzhan/stock.adobe.com
p. 104 md	ph ©	dlyastokiv/stock.adobe.com
p. 104 m	ph ©	RIMM_art/stock.adobe.com
p. 104 b	ph ©	Damir Khabirov/stock.adobe.com
p. 105	ph ©	Heorshe/stock.adobe.com
p. 107	ph ©	Dudarev Mikhail/stock.adobe.com
p. 109	ph ©	Brad Pict/stock.adobe.com
p. 110 hg	ph ©	Tartila/stock.adobe.com
p. 110 hm	ph ©	Good Studio/stock.adobe.com
p. 110 hd	ph ©	backup_studio/stock.adobe.com
p. 111 h	ph ©	dudlajzov/stock.adobe.com
p. 111 b	ph ©	Marina Lohrbach/stock.adobe.com
p. 112	ph ©	kochabamba/stock.adobe.com
p. 113	ph ©	Syda Productions/stock.adobe.com
p. 115	ph ©	qwartm/stock.adobe.com
p. 118 h	ph ©	uckyo/stock.adobe.com
p. 118 m	ph ©	Vasiliy Koval/stock.adobe.com
p. 118 b	ph ©	HLPhoto/stock.adobe.com
p. 119	ph ©	minicel73/stock.adobe.com
p. 121	ph ©	JackF/stock.adobe.com

Adaptation maquette : Émilie Brochier
Mise en page : Grafatom
Infographie : Vincent Landrin
Relecture : Marianne Stjepanovic

PAPIER À BASE DE FIBRES CERTIFIÉES

FOUCHER s'engage pour l'environnement en réduisant l'empreinte carbone de ses livres. Celle de cet exemplaire est de :
1.1 kg éq. CO_2
Rendez-vous sur www.editions-foucher-durable.fr

01 - NB - MS / JV

Achevé d'imprimer en Italie par Grafica Veneta en mars 2023
Dépôt légal : 16858-3/01 - Mars 2023